SOUS TON CIEL D'IRLANDE

Misty Kenzie

SOUS TON CIEL D'IRLANDE

Roman

Ce livre est une œuvre de fiction. Toute ressemblance avec des situations réelles, des faits et des personnages existants ou ayant existé serait purement fortuite et ne pourrait être que le fruit d'une pure coïncidence.

Le code de la propriété intellectuelle interdit les copies ou reproductions destinées à une utilisation collective. Toute représentation ou reproduction intégrale ou partielle faite par quelque procédé que ce soit, sans le consentement de l'Auteur ou de ses ayants droits ou ayants cause, est illicite (article L. 122-4) et constitue une contrefaçon sanctionnée par les articles L.335-2 et suivants du Code de la propriété intellectuelle.

Illustration couverture : designed by Freepik

© 2025 Misty Kenzie

Édition : BoD · Books on Demand, 31 avenue Saint-Rémy, 57600 Forbach, bod@bod.fr

Impression : Libri Plureos GmbH, Friedensallee 273, 22763 Hamburg (Allemagne)

ISBN : 978-2-3225-6153-7

Dépôt légal : janvier 2025

« L'écriture est un exercice spirituel,
elle aide à devenir libre »

Jean Rouaud

À Laura, qui m'a permis d'y croire

1. Sarzic

La montagne s'élevait vers le ciel. Sauvage et abrupte, elle semblait dotée d'une puissance et d'une force infinies accumulées depuis la nuit des temps. Sur ses pentes, les nuances de vert se succédaient au rythme des nuages qui dessinaient au gré du vent des ombres menaçantes. Aux endroits où filtraient quelques rayons de soleil, la roche s'illuminait d'un vert plus tendre entremêlé du violet des rhododendrons en fleurs. À ses pieds, les eaux du lac semblaient noires et impénétrables. Tout à coup, le soleil écarta les nuages pour se refléter sur l'onde paisible, illuminant de reflets argentés et scintillants de minuscules vagues dont le léger clapotis venait troubler le silence de ce paysage somptueux. Au loin, la musique d'une voix mélodieuse qui fredonnait parvint aux oreilles de Maureen.

Come by the hills to the land where fancy is free
And stand where the peaks meet the sky and the rocks reach the sea
Where the rivers run clear and the bracken is gold in the sun
And cares of tomorrow must wait till this day is done

(Traduction)
Viens par les montagnes dans un pays où l'imagination est libre
Et tiens-toi là où les sommets touchent le ciel et les montagnes rejoignent la mer
Là où les rivières sont pures et les fougères brillent au soleil
Et les soucis du lendemain doivent attendre que ce jour soit fini

Maureen avait l'impression de reconnaître cette chanson et cette voix sans qu'elle puisse se rappeler où elle les avait déjà entendues. Elle se laissa transporter par les accords poignants de la flûte dans un autre monde, inconnu et familier à la fois.
Soudain, un bruit strident vint troubler ce doux voyage. Elle chercha à savoir d'où il pouvait provenir tandis que les images s'estompaient petit à petit et qu'elle se réveillait brusquement, réalisant que c'était la sonnerie importune de son réveil qui retentissait. Elle écrasa d'une main rageuse cet engin de malheur qui avait osé la tirer de ce joli songe et replongea sous la couette espérant prolonger sa rêverie encore quelques instants. Mais le paysage et la chanson s'étaient évanouis. Elle était dans sa chambre et elle devait se lever pour aller travailler. Dommage.

Maureen rejeta les couvertures et s'étira longuement. Le soleil perçait à travers les volets fermés et la jeune femme se précipita pour les ouvrir et goûter avec délice à la lumière et à la chaleur de ses rayons. Encore une belle journée qui s'annonçait, pensa-t-elle. N'en déplaise aux détracteurs de la Bretagne, non, il ne pleuvait pas tout le temps ! Il faisait même souvent très beau, et plusieurs fois par jour qui plus est ! Le soleil et les nuages alternaient au rythme des marées. Le climat breton était comme la Bretagne elle-même : changeante, surprenante, sauvage ou apaisante. Il fallait savoir l'apprivoiser, ou plutôt la laisser vous apprivoiser. Et puis, c'était bien connu : en Bretagne, il ne pleuvait que sur les cons !

Après une bonne douche qui acheva de la réveiller, Maureen avala rapidement une tasse de thé et une tartine de beurre salé avant de sauter dans un jean et d'enfiler une tunique aux motifs fleuris et des baskets. Elle attrapa son sac à main et ses clés sur la table et enfourcha son vélo en direction de la médiathèque de Sarzic où elle travaillait à mi-temps. Elle remonta le chemin côtier en direction du moulin à marée. En passant devant le Clifden, le pub breton à l'irlandaise local, elle fit un signe de la main à Yohann le gérant qui nettoyait les tables de sa terrasse. Elle adorait ce trajet qui l'entraînait au milieu des jolies maisons en granit à volets bleus typiquement bretonnes bordées de genêts et d'hortensias. En cette fin du mois de mai particulièrement doux, les fleurs s'épanouissaient et formaient des tapis colorés et joyeux au bord des routes.

Arrivée à Sarzic, elle s'arrêta à la boulangerie pour acheter des chouquettes pour ses collègues et particulièrement son amie Nolwenn qui en était friande. Plus que quelques centaines de mètres à parcourir et elle gara son vélo devant la médiathèque. Bibliothécaire de formation, Maureen travaillait depuis quatre ans à la médiathèque de Sarzic. Elle était depuis toujours passionnée par les livres et leur capacité à vous faire voyager, à vous permettre d'être quelqu'un d'autre, à vous faire rêver ou se cultiver. Les livres vous ouvraient des mondes nouveaux et passionnants. Des enquêtes criminelles où l'on retenait son souffle jusqu'au dernier moment pour trouver l'assassin, aux romances historiques, en passant par les recueils de poésie ou les pièces de théâtres, la lecture offrait tant de possibilités de s'évader. Ce que Maureen préférait, c'étaient les livres consacrés à la mythologie celtique et en particulier au folklore breton. De la légende arthurienne contant les aventures de Merlin et des fées Viviane et Morgane, à la légende de l'Ankou et des lavandières de la nuit, en passant par les fées et autres korrigans, la culture bretonne regorgeait d'histoires fantastiques passionnantes. C'était un peu de cette magie que Maureen adorait transmettre aux enfants lorsqu'elle animait, comme c'était le cas ce matin, un atelier de lecture de contes et légendes bretonnes. Elle adorait voir les petits visages captivés par les récits. Les enfants étaient curieux et n'hésitaient pas à poser tout un tas de questions à la fin de la lecture. Ce qui comptait le plus, c'était à la fois de leur donner envie de lire et de partager avec eux cette culture celtique qu'elle aimait tant.

Maureen aimait tout de la Bretagne, son « pays ». Ses paysages à couper le souffle, sa culture riche et féérique, sa gastronomie iodée, sucrée et « légèrement » beurrée. C'est pourquoi elle travaillait également à l'office du tourisme en haute saison. Elle adorait renseigner les gens sur toutes les merveilles qu'ils pouvaient découvrir pendant leur séjour et n'hésitait pas à conseiller un hébergement typique et chaleureux de sa connaissance, un restaurant gastronomique ou une crêperie où les touristes pourraient se régaler. Elle ne manquait pas une occasion de promouvoir la culture bretonne, et les fest-noz et autres fêtes locales étaient l'occasion de se plonger dans tout ce que la Bretagne a de meilleur. L'avantage chez les Bretons, c'est que presque tous les crustacés et produits de la mer avaient leur fête : huître, langoustine, crevette, moule, morue etc... Sans compter les régates, les nombreuses activités nautiques, les randonnées, les sons et lumières dans divers lieux historiques, les balades contées, les initiations aux danses bretonnes... Bref, le patrimoine breton était riche et varié et à même de séduire chaque visiteur.

Comme tous les jours ou presque à sa pause déjeuner, Maureen avait enfourché son vélo pour se rendre sur sa plage préférée. C'était un lieu discret et peu fréquenté des touristes car il fallait emprunter un bout du GR34, le sentier des douaniers qui borde les côtes bretonnes sur deux mille kilomètres, pour y parvenir. Arrivée à l'entrée du parcours, elle attacha son vélo à un arbre et parcourut à pied le chemin qui menait à une petite crique où le calme et la sérénité régnaient. À marée basse, une petite plage de sable blanc se découvrait et offrait un espace irréel et hors du temps. Maureen ne se lassait jamais du spectacle de la mer transparente aux reflets turquoise qui venait s'échouer sur le rivage. La lumière du soleil éclairait de reflets d'argent le sommet des vagues qui scintillaient. La musique du flux et du reflux de l'eau avait un pouvoir apaisant et presque hypnotique. On entendait le cliquetis du vent qui s'engouffrait dans les haubans des voiliers amarrés un peu plus loin. Au large, quelques bateaux de pêche avec leurs coques aux couleurs vives relevaient leurs casiers à homards et les sacs des parcs à huîtres se balançaient tranquillement au gré de la houle. Maureen était assise sur le sable et contemplait l'horizon, jouissant de cette vue extraordinaire et respirant à plein poumons l'air iodé et l'odeur du goémon.

La sonnerie de son téléphone retentit, troublant ce moment de quiétude ensoleillée. Un numéro venant de l'étranger s'affichait sur l'écran. Sûrement un faux numéro. Elle fit taire ce bruit inopportun et offrit de nouveau son visage au soleil. Le téléphone sonna de nouveau avec le même numéro. Cette fois, elle répondit, agacée.

— Allô !?

Au bout du fil, son interlocuteur répondit en anglais.

— *Good morning! I would like to speak to miss Maureen Le Guen, please.*

— *Yes, it's me,* répondit-elle, surprise.

— *Allow me to introduce myself. I'm Karl O'Connor, notary in Galway, Ireland.*

Un notaire ? Maureen avait sans doute mal compris. Elle se demandait ce qu'un notaire pouvait bien lui vouloir. Un notaire irlandais en plus. Ce devait être une erreur. Pour faciliter leur échange, elle demanda en croisant les doigts car son anglais était un peu rouillé :

— *Do you speak French ?*

— Oui, je vais essayer. Répondit son interlocuteur avec un charmant accent British ou en l'occurrence, Irish. Comme je vous le disais, je suis notaire à Galway, en Irlande. Et je vous appelle pour vous présenter toutes mes condoléances pour le décès de votre grand-mère et vous informer de la lecture du testament qui aura lieu dans quelques jours. Votre présence est requise. C'est l'objet de mon appel.

Maureen demeura interdite. C'était manifestement un malentendu.

— Je suis désolée, c'est une erreur. Ma grand-mère est décédée il y a plus de vingt-sept ans. Vous vous trompez de personne.

— Vous êtes bien la fille de Madame Erin Le Guen, elle-même fille de Madame Nora Le Guen, née Murphy ?

— Euh...oui, répondit-elle déroutée. Elle n'avait jamais entendu le nom de Murphy.

— Vous êtes bien née le 27 mai 1997 à Vannes ?

— Oui mais je ne....

— Alors vous êtes bien la personne que je recherche. Votre grand-mère Nora est décédée il y a quelques jours et elle vous a couché sur son testament dont la lecture aura lieu le 2 juin à dix-sept heures à mon étude. Pouvez-vous venir ?

Chanteur de rue, Galway

2. Galway

L'avion avait décollé de l'aéroport de Roissy Charles de Gaulle à destination de l'Irlande avec quarante minutes de retard en raison de passagers qui ne s'étaient pas présentés à l'embarquement alors que leurs bagages étaient déjà en soute. Mesure de sécurité oblige, il avait fallu ressortir toutes les valises pour retrouver celles des passagers absents et les laisser à l'aéroport avant de recharger les valises des passagers de l'avion qui, comme Maureen, commençaient à trouver le temps long. D'ordinaire, elle aurait fulminé contre ces gens même pas foutus de trouver leur avion et dont la négligence ou l'inconséquence impactait les autres passagers. Mais elle avait d'autres préoccupations en tête plus importantes, et des dizaines de questions dont elle espérait trouver les réponses à Galway.

Si sa mère avait encore été en vie, c'est à elle qu'elle aurait posé toutes ces questions. Malheureusement, celle-ci était décédée un an plus tôt d'un cancer foudroyant. Maureen avait encore du mal à se remettre de son départ. Elle qui n'avait pas connu son père qui était parti – le terme exact était enfui – avant sa naissance, elle avait désormais perdu sa mère. Elle se sentait orpheline et elle découvrait à présent qu'elle avait eu, il y a quelques jours encore, une grand-mère dont elle ignorait l'existence puisqu'elle la croyait morte avant sa naissance !

Pour quelles raisons Erin, sa mère, lui avait caché l'existence de sa propre mère ? Pourquoi l'avoir prétendue morte ? À moins qu'elle ne la pensât réellement décédée ? Le notaire lui avait appris qu'elle s'appelait Nora Murphy. Pourquoi Nora ne s'était jamais manifestée ? Que faisait-elle en Irlande ? Murphy était un nom irlandais. Cela signifiait-il que sa grand-mère était irlandaise ou avait épousé un Irlandais ? Elle connaissait l'existence de sa petite-fille puisqu'elle l'avait couchée sur son testament. Donc pourquoi n'avait-elle jamais eu envie de faire sa connaissance ?

Toutes ces questions tournaient sans fin dans sa tête et aucun scénario plausible ne se dégageait des différentes hypothèses qu'elle émettait. Elle continuait de se triturer les méninges lorsque le commandant de bord annonça la descente vers Dublin et l'atterrissage imminent. Elle reboucla sa ceinture de sécurité et remonta sa tablette.

En descendant de l'avion, Maureen se dirigea vers le comptoir de l'agence de location de voiture où elle avait réservé un véhicule pour quelques jours. C'était la première fois qu'elle allait conduire à gauche et elle appréhendait cet exercice périlleux. Elle avait environ deux heures et quart de route jusqu'à Galway. Il était quatorze heures, le rendez-vous chez le notaire était à dix-sept heures. *Ça devrait aller,* pensa-t-elle. C'était sans compter la prise en main de la voiture, le volant à droite et les ronds-points à prendre à l'envers ! Dans le guide sur l'Irlande qu'elle avait acheté à la dernière minute à l'aéroport, il était écrit que les trajets ne se comptaient pas en nombre de kilomètres mais en temps, en raison des routes pittoresques où parfois deux voitures ne pouvaient se croiser et des arrêts fréquents nécessaires pour prendre des photos des magnifiques paysages que l'on traversait. Heureusement pour l'instant, la M4 et la M6 qui reliaient Dublin à Galway ressemblaient à des autoroutes à double voie et, bien que stressée, Maureen s'habituait progressivement au maniement de sa Toyota Yaris de location.

Il fallait se rendre à l'évidence. Si Maureen était aussi anxieuse, ce n'était pas uniquement à cause de la conduite à gauche, même si c'était assez déstabilisant. Les kilomètres qui s'enchaînaient la rapprochaient du rendez-vous chez le notaire et elle ne savait pas à quoi s'attendre, ni qui elle allait rencontrer. Sans doute des membres de la famille de sa grand-mère dont elle ignorait l'existence. Mais eux ? Étaient-ils au courant de son existence à elle ? Comment allaient-ils l'accueillir ?

En arrivant à Galway et perdue dans ses pensées, elle se trompa de route. *Et merde !* s'exclama-t-elle tout à coup. Elle n'était pas censée traverser un fleuve – ou était-ce la mer ? – pour se rendre chez le notaire. *Qu'est-ce que je fous sur ce pont ?* maugréa-t-elle.

Le panneau indiquait la direction de Salthill par la R336. Ce n'était pas la bonne route. Elle fit demi-tour non sans mal et rejoignit assez rapidement Merchants Road où se trouvait le cabinet du notaire. Il y avait peu de places de stationnement, mais elle en avait repéré une de loin. Elle ralentit prudemment à l'approche de l'emplacement, quand soudain, un homme au volant d'une magnifique voiture de collection de couleur crème la dépassa par la droite et se rabattit devant elle pour prendre la place qu'elle convoitait. Maureen ne put retenir un juron. *Quel imbécile ! Il est gonflé celui-là !* En passant près de lui, elle lui jeta un regard noir. L'homme était brun, âgé d'une trentaine d'années. Il portait une chemise dont les manches étaient relevées jusqu'au coude et des lunettes de soleil qui cachaient ses yeux. Il ne semblait même pas l'avoir vue. Tout en continuant à pester et à le maudire intérieurement, Maureen poursuivit sa route et tomba avec bonheur quelques mètres plus loin sur l'entrée d'un parking couvert, le Hynes Yard Car Park. *Ouf !* Elle souffla, soulagée, car elle ne se voyait pas tourner encore longtemps dans cette ville inconnue, et l'idée de faire un créneau avec le volant à droite ne l'enchantait pas le moins du monde.

Maureen respira un grand coup avant de pousser la porte du cabinet Sheehan & Co dans lequel elle était attendue par monsieur O'Connor. À l'accueil, la secrétaire lui adressa un sourire avenant :

— *Hello ! What can I do for you?*

— *Hello! I'm Maureen Le Guen. I'm expected by Mister O'Connor.*

— Ah oui ! La demoiselle française ! répondit la secrétaire dans un français quasi parfait. Je préviens Monsieur O'Connor de votre arrivée. Installez-vous en attendant, dit-elle en lui montrant un canapé accueillant en face d'elle.

— Merci ! répondit Maureen en s'asseyant du bout des fesses, au comble de l'anxiété.

Quelques minutes plus tard, un homme d'une cinquantaine d'années dans un costume bleu foncé parfaitement coupé vint se présenter à elle. Maureen réalisa soudain que son jean et ses baskets n'étaient peut-être pas la tenue idéale pour se présenter chez un notaire, et de surcroît à des inconnus de la famille de sa grand-mère. *Eh bien ! Je vais faire forte impression dès le départ !* se fustigea-t-elle intérieurement. Mais il était trop tard pour changer quoi que ce soit à présent. *Advienne que pourra !*

— *Hello! Sorry.* Bonjour Mademoiselle Le Guen ! *Welcome to Ireland!* Je suis ravi de faire votre connaissance. Vous avez fait bon voyage ?

— Bonjour ! Oui je vous remercie.

— Venez dans mon bureau, je vous en prie, dit O'Connor en lui indiquant une porte sur la droite et en s'effaçant pour la laisser passer.

Le notaire lui désigna un siège et s'assit à son tour derrière son bureau.

— Je tenais à vous parler en tête à tête avant la lecture du testament de votre grand-mère pour vous expliquer un peu les choses. J'imagine que vous devez être un peu nerveuse ?

— Merci. Oui, je vous avoue qu'apprendre en même temps que j'avais une grand-mère en Irlande, son décès et l'existence d'une famille, ça fait beaucoup. Sans compter le voyage et la conduite à gauche, ne put-elle s'empêcher d'ajouter.

Oups ! Elle espérait ne pas avoir vexé son interlocuteur jusque-là affable et accueillant.

— Je comprends parfaitement. On serait perturbé à moins, la rassura-t-il en souriant. Et de vous à moi, je n'imagine même pas dans quel état je serais si je devais conduire à droite en France, ajouta-t-il avec un clin d'œil.

Décidément, cet Irlandais était très sympathique et Maureen se détendit un peu.

— Voilà comment ça va se passer. Dans la salle de réunion voisine, les différentes personnes couchées sur le testament de votre grand-mère sont arrivées. Il y a Lochlan O'Neil, le conjoint de votre grand-mère. Ayden O'Neil son petit-fils. Et enfin Molly et Seamus Flynn, respectivement gouvernante et jardinier au service de la propriété de votre grand-mère. C'est bon pour vous ?

Maureen avala difficilement sa salive. Le notaire venait déjà en quelques mots de lui délivrer pas mal d'informations. Sa grand-mère avait un conjoint, un petit-fils et une « propriété » suffisamment grande pour employer une gouvernante et un jardinier, qui devaient manifestement compter beaucoup pour elle puisqu'ils étaient présents à l'ouverture du testament. La jeune femme était partagée entre l'envie et la curiosité de découvrir cette partie de son histoire familiale d'une part, et celle de prendre ses jambes à son cou et de sauter dans le premier avion pour la France d'autre part.

— Mademoiselle Le Guen ?

— Oui, oui. J'ai bien compris.

— Est-ce que vous avez des questions avant que nous ne passions dans la pièce d'à côté ?

Des questions, elle en avait des dizaines ! Une seule lui vint finalement à la bouche :

— Est-ce que ces personnes savent qui je suis ?

— Oui, ils sont au courant. Répondit brièvement O'Connor.

Maureen aurait voulu avoir plus de détails, mais manifestement le notaire ne semblait pas enclin à lui en donner davantage. Bon, pas la peine de reculer plus longtemps le moment fatidique, il fallait y aller.

— Vous êtes prête ?

— Pas vraiment. Mais allons-y, soupira Maureen, résignée.

— Ça va bien se passer, la rassura-t-il. Je vous en prie, c'est par ici.

Le notaire se leva et la précéda vers une porte de son bureau qui donnait sur une pièce communicante. Maureen le suivit, le cœur battant la chamade et le souffle court.

Lorsque Maureen pénétra dans la pièce, elle vit tout d'abord une petite femme replète et souriante d'une soixantaine d'années qui la salua gentiment. Molly Flynn – car c'était elle – lui inspira immédiatement confiance tant on pouvait lire la gentillesse et la bienveillance sur son visage. À ses côtés, son mari Seamus était un peu plus grand qu'elle, aussi sec que Molly était toute en rondeurs, mais tout aussi avenant que sa femme bien que plus réservé. Son regard s'arrêta ensuite sur Lochlan O'Neil, le conjoint de sa grand-mère. Elle fût un peu intimidée et impressionnée par cet homme grand et mince, encore fringant pour son âge – il devait avoir plus de soixante-quinze ans – à l'allure de dandy. Il portait un pantalon de toile léger parfaitement coupé et un gilet sans manche ajusté et boutonné par-dessus une chemise blanche immaculée. Ses beaux cheveux gris étaient légèrement ondulés. Il portait une barbe blanche impeccablement taillée sur son beau visage ridé, et ses yeux bleus délavés, bien que reflétant une certaine tristesse, étaient empreints d'intelligence et de sagesse.

Maureen le salua d'un signe de tête en souriant timidement et il lui rendit son sourire. Elle avisa soudain l'homme qui se tenait debout un peu à l'écart au fond de la pièce près de la fenêtre. Quelle ne fût pas sa surprise en reconnaissant le malotru qui lui avait pris sa place de stationnement quelques minutes plus tôt ! Elle le toisa avec mépris tout en détaillant le jeune homme qui ne pouvait être qu'Ayden O'Neil. Comme son grand-père, il était grand et mince mais plus athlétique. Ses cheveux bruns et épais aux reflets châtains ondulaient dans sa nuque tandis qu'une mèche rebelle lui retombait sur le front. Sans ses lunettes de soleil, il la dévisageait d'un regard gris-bleu acier, intense et impénétrable. Une barbe de quelques jours encadrait un visage bien dessiné aux lèvres pleines et à la mâchoire carrée. S'il ne s'était pas montré si grossier auparavant et s'il n'arborait pas cet air revêche, elle l'aurait trouvé plutôt séduisant.

Ayden O'Neil se tenait debout les bras croisés dans un angle de la pièce. Le jeune homme était d'humeur encore plus taciturne que d'ordinaire. Il n'aimait pas venir en ville et encore moins pour accomplir des démarches de cet ordre. Le décès de Nora l'avait profondément attristé et ramené à des heures sombres de son passé qui étaient toujours aussi douloureuses. Il avait énormément d'affection pour sa grand-mère qui avait toujours pris soin de lui. Lorsque son grand-père lui avait appris il y a quelques jours que Nora avait une petite-fille en France et que celle-ci serait présente à la lecture du testament, Ayden était tombé des nues. Il savait que Nora avait vécu en France par le passé, mais elle n'avait jamais fait allusion à une quelconque famille dans ce pays. Il avait interrogé son grand-père qui ne lui avait donné que peu d'explications. Nora avait eu une fille, qui elle-même avait eu une fille. Point. Le patriarche ne semblait pas vouloir en dévoiler davantage, mais Ayden se doutait qu'il en savait plus qu'il ne voulait bien le dire. Les seules informations dont il disposait étaient que cette jeune femme se prénommait Maureen et qu'elle avait vingt-sept ans. Alors qu'il attendait avec Lochlan, Molly et Seamus, il se sentait à la fois curieux et réticent à l'idée de faire la connaissance de cette Maureen sortie de nulle part.

Quand O'Connor entra dans la pièce, Ayden crut un bref instant qu'il était seul car sa carrure cachait complètement la silhouette menue qui le suivait. La première chose qu'il vit d'elle fût une crinière rousse et bouclée qui encadrait un joli visage un peu pâle constellé de petites taches de rousseur, sur lequel on pouvait lire une certaine anxiété. Une chose était sûre, elle avait hérité des cheveux de Nora et pouvait aisément passer pour une Irlandaise. Elle avait la tenue et l'allure d'une adolescente et un maquillage discret qui mettait en valeur des yeux émeraude doux et expressifs à la fois. Ayden la trouva jolie et naturelle, et sans doute d'un caractère un peu timide. Cette dernière considération fût vite mise à mal lorsqu'après avoir salué l'assistance une fois que le notaire l'eût présentée, elle leva les yeux sur lui. Sans qu'il en comprenne la raison, elle lui jeta un regard tout d'abord surpris, puis franchement hostile et méprisant qui dénotait un caractère bien trempé. Bizarre mais intéressant, pensa-t-il. Sans savoir pourquoi, elle l'intriguait.

Le notaire interrompit les considérations d'Ayden en s'asseyant derrière son bureau. Il décrocha son téléphone et appela sa secrétaire qui entra dans la pièce peu après.

— Afin de faciliter la compréhension de ce qui va suivre, ma secrétaire fera la traduction en français à l'attention de Mademoiselle Le Guen.

Les yeux de toutes les personnes présentes se rivèrent sur lui. La tension était palpable.

— Bien, je vous remercie tous de votre présence et je tiens tout d'abord à vous présenter mes sincères condoléances pour la disparition de Nora. Je la connaissais moi-même depuis de nombreuses années et je me joins à votre douleur. Je vais maintenant procéder à la lecture de son testament.

« Je soussignée, Nora Le Guen née Murphy, le 24 janvier 1953, résidant à Loughinch House, dans le comté de Galway, déclare par la présente que ceci est mon testament olographe, rédigé en toute liberté et de ma propre main.

Je nomme maître Karl O'Connor comme mon exécuteur testamentaire, il est chargé de veiller à l'exécution de ce testament, conformément à mes volontés.

Je lègue à mes chers amis, Molly et Seamus Flynn, le petit cottage qu'ils occupent actuellement sur la propriété de Loughinch House, ainsi que mille mètres carrés de jardin autour du cottage afin que Seamus continuer de faire pousser ses chers légumes.

Je lègue à mon cher amour Lochlan O'Neil en usufruit Loughinch House, notre maison, où il pourra résider si bon lui semble jusqu'à la fin de ses jours.

Je lègue à Ayden O'Neil la distillerie Murphy afin qu'il continue à perpétuer le savoir-faire de la famille en matière de bon whiskey irlandais. Je lui lègue également le grand cottage de Loughinch House.

Enfin, je lègue à ma petite-fille Maureen Le Guen, la nue-propriété de Loughinch House. J'espère qu'elle apprendra à aimer cette maison autant que je l'ai aimée.

L'ensemble de mes actifs financiers sera réparti en part égales à Lochlan et Ayden O'Neil, et Maureen Le Guen. »

Maureen n'entendit qu'à moitié la fin de la lecture du testament. Elle était stupéfaite et ne savait que penser de ce qu'elle venait d'entendre. Sa grand-mère lui léguait sa maison ! Enfin une maison, plutôt une « petite » propriété de quarante-cinq acres avec dépendances et tout le tralala, comme avait précisé le notaire ! Elle ne s'attendait pas à ça. Ayden non plus manifestement. Même s'il essayait de n'en rien laisser paraître, à voir ses poings serrés à en faire blanchir les jointures et son regard sombre, il semblait fortement contrarié, pour ne pas dire furieux, par la lecture du testament. Lochlan, lui, paraissait serein. Molly et Seamus étaient partagés entre la joie et la surprise.

— Il y a aussi une courte lettre que Nora m'a demandé de vous lire, poursuivit O'Connor. Elle est écrite en français. Il se racla la gorge et commença la lecture.

« Lochlan, Ayden, Maureen. Je voulais vous exprimer tout mon amour et ma confiance. Je crois en vous. Vous êtes mon cœur, ma sainte Trinité.

Ayden, Maureen, mes petits-enfants, je vous laisse en héritage la terre d'Erin. Prenez-en soin et laissez-là vous apprivoiser. Je sais que vous me retrouverez un jour sur la route du ciel en suivant les pas des celtes dans leur royaume. Ne soyez pas tristes. Du point de vue d'une vieille dame comme moi, la mort n'est qu'une étape. Comme l'a dit Oscar Wilde : le mystère de l'amour est plus grand que le mystère de la mort. Vous avez la vie devant vous. J'espère que vous trouverez chacun le petit nid d'amour et de quiétude où bâtir votre vie. »

— Voilà. Est-ce que vous avez des questions ? poursuivit le notaire.

Personne ne répondit. Maureen sentait sa gorge nouée par l'émotion. Cette lettre était à la fois très touchante et un peu étrange. Comment cette grand-mère qui ne l'avait pas connue pouvait ainsi lui déclarer son amour au même titre qu'à Lochlan ou Ayden ?

— Bien. Alors, Nora voulait que vous ayez chacun un exemplaire de cette lettre. Voici pour vous : Lochlan, Ayden et Mademoiselle Le Guen. Je vous enverrai les documents relatifs à ce testament par courrier et vous tiendrai informés de la date de son exécution. Je vous remercie de votre présence. Je vous raccompagne, ajouta O'Connor en se levant de son bureau.

Avant même qu'il n'atteigne la porte, Ayden s'était précipité pour sortir, suivit des époux Flynn. Lochlan prit le temps de saluer chaleureusement le notaire avant de sortir à son tour. Maureen était restée assise dans le bureau, encore abasourdie par la tournure des événements. Elle sursauta quand le notaire s'adressa à elle.

— Mademoiselle Le Guen ? Vous souhaitiez m'entretenir en privé ?

— Euh, oui. Si j'ai bien compris, Nora me lègue sa maison ? Je suis très surprise, je ne la connaissais même pas. Cette maison est celle de sa famille, de Lochlan et Ayden, ce sont eux qui devraient en hériter. En plus j'habite en France, donc je ne comprends pas bien ce que je ferais d'une maison en Irlande.

— Je comprends vos interrogations et votre désarroi. Je ne peux pas vous expliquer les raisons qui ont poussé votre grand-mère à répartir ainsi son patrimoine. En ce qui concerne la maison, vous en êtes propriétaire, mais vous n'en avez que la nue-propriété. Ce qui signifie que vous ne pouvez pas la vendre sans l'accord de Monsieur O'Neil qui en a l'usufruit jusqu'à sa mort. C'est-à-dire qu'il peut lui-même y loger ou la louer à un tiers. À son décès, la maison vous reviendra entièrement.

Un peu perplexe, Maureen réfléchit en silence puis demanda :

— Et Ayden ? Il n'héritera pas de cette maison alors ?

— Pas d'après ce qui est prévu, non. Vous avez d'autres questions ?
— Pas pour l'instant, non. Merci.
— Bien. N'hésitez pas à revenir vers moi en cas de besoin. Vous avez mes coordonnées. Je vous raccompagne.

En descendant les escaliers vers la sortie de l'office notarial, Maureen était toujours perplexe et déboussolée. Son attention fût attirée par des éclats de voix. Quand elle arriva dans la cour, elle vit Ayden et son grand-père engagés dans une vive discussion. Ayden semblait en colère et Lochlan essayait de l'apaiser. Quand ils l'aperçurent, ils cessèrent immédiatement leur altercation. Alors qu'Ayden se renfermait dans une attitude silencieuse et hostile, Lochlan s'approcha de Maureen avec un sourire bienveillant et en lui tendant sa main à serrer.
— Mademoiselle Le Guen. Je peux vous appeler Maureen ? demanda-t-il en français.
Elle acquiesça d'un signe de tête.
— Maureen, je suis très heureux de vous rencontrer. J'aurais aimé que ce soit dans d'autres circonstances.
— Moi aussi, parvint-elle à articuler du bout des lèvres.
— J'espère que nous aurons vite l'occasion de faire plus ample connaissance. Dans quel hôtel êtes-vous descendue ?
— A vrai dire, je n'ai pas réservé d'hôtel, je suis venue directement de l'aéroport. Je pensais en trouver un après ce rendez-vous.
— Dans ce cas, ne cherchez pas. Vous allez venir avec nous à la maison, comme ça nous pourrons faire connaissance et discuter tranquillement.
Gênée par la proposition, Maureen s'apprêtait à refuser poliment mais Lochlan ne lui en laissa pas le temps.
— Je vous en prie, il est hors de question que je vous laisse dire non. Vous êtes notre invitée le temps de votre séjour. C'est ce que Nora aurait voulu, j'en suis persuadé. Et vous avez sans

doute beaucoup de questions auxquelles je me ferai un plaisir de répondre si je le peux, ajouta-t-il avec un sourire chaleureux.

    Ce dernier argument fit mouche et Maureen se laissa convaincre, non sans avoir jeté un coup d'œil par-dessus l'épaule de Lochlan pour apercevoir Ayden qui lui lançait un regard noir avant de monter dans sa voiture et de partir en trombe, tandis que son grand-père fronçait les sourcils d'un air soucieux.

Salon de Loughinch House

3. Loughinch House

Molly et Seamus étaient partis devant avec la voiture de Lochlan afin de préparer l'arrivée de Maureen. Lochlan avait gentiment proposé à la jeune femme de prendre le volant de sa voiture de location pour lui faciliter le trajet jusqu'à Loughinch House située à environ vingt minutes de Galway. Ils roulèrent en silence pendant une dizaine de kilomètres, puis la voiture ralentit et franchit d'imposants portails en fonte, au-delà desquels se déployait une vaste allée bordée d'arbres centenaires menant à un parvis en graviers. La pelouse parfaitement entretenue était égayée de parterres de fleurs disséminés çà et là, délimités par des petites haies de buis méticuleusement taillées, ajoutant un charme romantique à l'ensemble.

Lochlan gara la voiture juste devant l'entrée de Loughinch House. Maureen n'en croyait pas ses yeux. Alors c'était ça la « maison » dont elle avait hérité ? Un manoir aurait été un terme beaucoup plus approprié pour désigner la bâtisse qui s'élevait devant elle. Loughinch House remontait au début du XIXe siècle et dégageait un charme sans prétention, une élégance intemporelle qui traversait les âges. Elle comportait un étage et de nombreuses pièces vu le nombre de fenêtres qui habillaient la façade en pierres. Toujours ébahie, elle mit quelques secondes à réaliser que Lochlan était descendu de voiture et lui tendait la main après lui avoir ouvert la portière en gentleman qu'il était. Elle descendit et vit que Molly et Seamus les attendaient en haut des marches du perron pour les accueillir. Ayden était nonchalamment appuyé sur le chambranle de la porte peinte en rouge, un chien assis à ses pieds. Maureen adorait les chiens et avait toujours rêvé d'en avoir un. Celui-ci avait un beau pelage noir et blanc, avec de petites taches noires sur le blanc du museau et sur les pattes. Son regard était vif et intelligent, bien qu'un peu méfiant. Alors que Maureen approchait, il se leva pour venir la renifler.

— Shelby vient là ! ordonna Ayden à son chien qui n'avait manifestement pas l'intention d'obéir à son maître.

Puis il s'adressa à Maureen :

— Ne le touchez pas, il est méfiant envers les étrangers, prévint-il en français d'un ton sec.

Maureen ne put s'empêcher de se demander s'il parlait de son chien ou de lui-même. Elle laissa Shelby venir à sa rencontre sans bouger. Elle lui présenta son poing fermé, les doigts vers le haut pour lui permettre de les renifler et, par réflexe, de venir vérifier si elle ne cachait pas quelque chose dans sa main. Curieux, Shelby vint lentement à sa rencontre, et sembla rassuré par son immobilité. Il vint la sentir et mit sa truffe dans le creux de sa main, qu'elle ouvrit doucement.

— Bonjour Shelby, dit-elle d'une voix douce.

En entendant son nom, le quadrupède leva sa jolie tête vers elle et leurs regards se croisèrent brièvement. Il battit doucement de la queue, donna un coup de langue sur la main offerte et retourna auprès de Ayden.

— Et bien ! Shelby a l'air de vous apprécier ! s'exclama Lochlan d'un air approbateur. Ce chien a toujours eu du flair pour juger les gens. N'est-ce pas Ayden ? lança-t-il à son petit-fils d'un ton narquois.

Ayden ne répondit pas et haussa les épaules.

— Espèce de traître, chuchota-t-il à son chien, tout en lui donnant la caresse que Shelby lui réclamait d'un coup de tête.

Maureen pénétra dans le hall qui faisait à lui seul la moitié de la taille de sa propre maison en Bretagne. Elle contempla avec admiration son parquet en bois d'origine, ses plafonds hauts décorés de moulures, la rosace centrale et de délicates corniches qui donnaient le ton d'un luxe discret. Un magnifique escalier en bois sculpté menait à l'étage, et de part et d'autre du hall, elle apercevait des pièces spacieuses et chaleureuses dotées de cheminées en marbre surplombées de miroirs rehaussés de dorures.

Lochlan interrompit la contemplation de la jeune femme.

— Je présume que vous avez envie de vous reposer et de vous rafraîchir avant le dîner ? Molly va vous montrer votre chambre et Seamus va vous monter votre valise. Le dîner sera servi à vingt heures. Cela vous convient-il ?

— Oui, parfaitement. Je vous remercie de votre hospitalité. C'est très gentil à vous de m'accueillir.

— C'est la moindre des choses, voyons. Je vous laisse découvrir votre chambre tranquillement. Nous nous reverrons au dîner.

Lochlan se dirigea vers un salon suivi d'Ayden, tandis que Maureen montait l'escalier à la suite de Molly.

Sur le vaste pallier en haut des marches, Maureen compta six portes qui correspondaient à des chambres, chacune équipée de sa propre salle de bains, lui expliqua Molly qui se révéla bavarde et ravie de donner à son invitée de nombreux détails sur la maison qu'elle chouchoutait depuis de nombreuses années.

— Voici votre chambre Mademoiselle Maureen, c'est la plus jolie, précisa fièrement Molly dans un français maladroit.

— Je vous en prie, appelez-moi juste Maureen. Elle est magnifique ! s'exclama-t-elle en pénétrant dans la pièce.

La chambre qui lui avait attribuée était vaste et lumineuse. Ses fenêtres offraient une vue imprenable sur le lac et le jardin parfaitement entretenu qui faisait de la pièce un havre de paix et de repos. Les murs peints d'un vert de gris doux rehaussaient le plafond blanc et ses moulures. Le parquet ancien craquait un peu sous les pieds mais apportait un charme indéniable à la pièce au milieu de laquelle trônait un immense lit. Les draps de lin blanc immaculé et la courtepointe à motif floral invitaient au repos. Dans un coin de la pièce était disposée une coiffeuse en bois surmontée d'un miroir ovale, de l'autre côté une armoire et une commode complétaient le mobilier. Enfin, près de la fenêtre, un joli fauteuil crapaud en velours bleu foncé incitait à la contemplation du paysage grandiose qui s'offrait au regard.

Maureen admirait chaque détail de cette jolie chambre tandis que Molly continuait ses explications.

— La salle de bain est de ce côté. Il y a une baignoire et une douche. Il faut faire couler l'eau quelques minutes pour qu'elle soit bien chaude. C'est une vieille maison vous savez, fit-elle avec un clin d'œil.

La salle de bain affichait la même décoration rétro chic que la chambre avec sa baignoire en fonte émaillée à pattes de lion et son lavabo sur colonne. Seuls éléments récents de cette pièce, la douche à l'italienne et un sèche-serviettes électrique apportaient un confort moderne agréable.

— Ah voilà Seamus avec votre valise ! Pose-la près de l'armoire pour que Mademoiselle Maureen puisse ranger ses affaires, dit-elle à son mari. Puis s'adressant à Maureen :

— On va vous laisser vous installer tranquillement. Si vous avez besoin de quoi que ce soit, n'hésitez pas à appeler. Le téléphone est sur la table de nuit. Faites le 1, vous tomberez sur moi. Je serai dans la cuisine en train de préparer le dîner.

— Merci pour tout. C'est très gentil à vous, répondit Maureen.

Molly se dirigea vers la porte, s'arrêta sur le seuil, hésita un instant puis se retourna.

— Je suis vraiment heureuse que vous soyez là. J'aimais beaucoup votre grand-mère vous savez. Elle nous a toujours considéré Seamus et moi comme faisant partie de la famille et son décès me peine énormément. La maison semble vide depuis qu'elle est partie. Nora était le cœur de ce foyer, elle apportait la joie et la douceur dans cette grande maison. Lochlan et Ayden sont perdus sans elle. Ils essaient de faire bonne figure. Ce sont des hommes et ils n'aiment pas montrer leurs sentiments, vous comprenez ? Mais je sais qu'ils souffrent énormément. Vous ressemblez beaucoup à votre grand-mère. Je vous trouve solaire, comme elle. J'espère que vous ramènerez un peu de gaieté dans leur vie. Ils ont assez souffert comme ça.

Touchée et intriguée par les paroles de Molly, Maureen aurait voulu en savoir plus mais celle-ci avait déjà tourné les talons et refermé la porte de la chambre. Après avoir rangé ses affaires, elle s'allongea, épuisée par le voyage et les événements de la journée. Elle qui espérait trouver des réponses en venant en Irlande, voilà que de nouvelles questions s'ajoutaient à la liste de ses interrogations. Pourquoi Molly avait-elle dit que Lochlan et Ayden avaient assez souffert ? Pourquoi Ayden se montrait-il aussi hostile envers elle ? Et pourquoi sa grand-mère lui avait-elle légué ce domaine si loin de chez elle sans qu'elle puisse en faire quoi que ce soit jusqu'au décès de Lochlan ? Il aurait mieux valu que ce soit lui et Ayden qui en héritent, et cela aurait été normal. Lasse de toutes ses pensées qui se bousculaient, elle finit par s'endormir profondément dans ce grand lit moelleux à souhait qui l'enveloppait.

Maureen se réveilla en sursaut sans trop savoir où elle était. Quelques secondes furent nécessaires afin qu'elle reprenne ses esprits. Elle attrapa son téléphone pour regarder l'heure. *Mince ! Déjà dix-neuf heures quarante !* Elle allait être en retard pour le dîner. Elle se déshabilla prestement et fonça sous la douche. L'eau froide acheva de la réveiller. *Zut et re-zut !* Elle se rappela que Molly avait dit de laisser couler l'eau quelques instants pour qu'elle chauffe. Maureen pesta intérieurement jusqu'à ce que l'eau soit à la bonne température. *Ouf, c'était mieux !* Pas le temps de savourer ce moment, elle se lava les cheveux rapidement, finit de se savonner et de se rincer et sortit de la douche. Elle se sécha à la hâte et enfila un pantalon propre et un chemisier vert d'eau imprimé cachemire. Elle se maquilla légèrement les yeux, mis un peu de rouge à lèvre de couleur *nude* rosé et une touche de mascara. Elle mit le sèche-cheveux en marche mais l'heure tournait et elle savait que sa tignasse mettait du temps à sécher. Pas le temps de terminer le séchage. *Tant pis !* Elle descendrait avec les cheveux encore humides. Elle regarda son reflet dans le miroir. Elle était présentable.

Maureen sortit de la chambre et descendit l'escalier vers le rez-de-chaussée. Elle entendit des voix provenant d'une pièce située sur la gauche du hall d'entrée. Elle s'arrêta et respira profondément avant d'aller plus loin car elle redoutait ce dîner et se sentait assez nerveuse. Elle pénétra dans un salon accueillant meublé d'un canapé et de fauteuils en velours de couleur pourpre. Un vase contenant un magnifique bouquet de fleurs était posé sur une table basse et un feu avait été allumé dans la cheminée. Le salon menait en enfilade vers la salle à manger. Elle entendait à présent distinctement les voix de deux personnes. Elle reconnut celle de Lochlan, grave et modulée. L'autre voix était aussi celle d'un homme. Elle était profonde et suave, chaude et sensuelle. Lorsqu'elle entra dans la pièce, Lochlan et son petit-fils bavardaient tranquillement. Ainsi cette voix était celle d'Ayden ? Elle ne l'aurait pas deviné. Il est vrai que jusqu'à présent, il s'était montré plutôt silencieux ou bref et autoritaire.

Les deux hommes interrompirent leur discussion et levèrent les yeux vers elle. Le regard de Lochlan était toujours cordial, celui d'Ayden impénétrable.

Lochlan l'accueillit chaleureusement.

— Maureen ! Vous voilà ! Avez-vous pu vous reposer ?

— Oui merci. Désolée pour le retard, je me suis endormie, s'excusa-t-elle.

— Ne vous inquiétez pas, nous n'avions pas fini notre whiskey. Je vous sers quelque chose à boire ?

La première chose qui vint à l'esprit de Maureen fût une bolée de cidre frais, mais elle se garda bien de le dire à haute voix.

— Du vin peut-être ? proposa Lochlan. J'ai du Chardonnay.

— Oui, parfait. Merci.

Ils repassèrent au salon et il lui servit son verre, puis s'installèrent pour siroter leurs apéritifs. Lochlan et Maureen prirent place sur le canapé tandis qu'Ayden s'installa sur un fauteuil un peu en retrait. *Cette manie qu'il avait de se mettre à l'écart !* pensa Maureen, agacée.

Un peu mal à l'aise, elle ne savait trop quoi dire. Heureusement Lochlan, sentant sa gêne, lança la conversation.

— Votre chambre vous convient-elle ?

— Oh oui ! Elle est magnifique, comme le reste de la maison d'ailleurs. Vous avez une splendide demeure, fit-elle sincère, sans penser que désormais celle-ci lui appartenait.

— Cette maison est dans la famille de Nora depuis cinq générations, expliqua Lochlan. Elle y tenait beaucoup. Elle a grandi ici, mais avant qu'elle n'en hérite, cette maison était austère et froide. C'est elle qui l'a entièrement redécorée et qui en a fait un vrai foyer chaleureux et accueillant.

Les paroles de Molly revinrent à la mémoire de Maureen : « Nora était le cœur de ce foyer, elle apportait la joie et la douceur dans cette grande maison. »

Ayden écoutait d'une oreille distraite son grand-père qui, tel un véritable agent immobilier, décrivait à Maureen les transformations effectuées par Nora dans la maison et lui faisait un descriptif détaillé du domaine, incluant les dépendances et les jardins. Il observait la jeune femme à la dérobée, tout en sirotant lentement son whiskey. Il était fasciné par sa crinière de feu dont les boucles retombaient sur ses épaules. Quelques mèches encore humides collaient à son cou délicat. Il en suivit la ligne gracieuse du regard et vit une chaîne en argent au bout de laquelle était suspendu un pendentif en forme de Triquetra. Ce symbole ancien, composé de trois nœuds entrelacés, avait une histoire riche et profonde. Symbole de l'interconnexion du physique, du mental et du spirituel chez les Celtes, les Vikings eux le reliaient à la nature et aux éléments de la terre, de l'eau et de l'air. Plus tard, le Triquetra fût adopté par les chrétiens et est devenu un symbole de la Sainte Trinité. Le Triquetra était aujourd'hui considéré comme un symbole d'équilibre et d'harmonie, de féminité ou de protection.

Ayden se demandait quelle signification avait ce pendentif pour la jeune femme. Lui aussi portait ce symbole sur lui, mais inscrit dans sa chair. Instinctivement il toucha le haut de son épaule gauche à l'endroit de son tatouage. Ils avaient au moins cela en commun. L'Irlande de Ayden et la Bretagne de Maureen avaient la même culture celtique après tout. Quand il était petit, Nora lui avait souvent parlé de cette région où elle avait vécu et lui lisait des légendes peuplées de fées, d'enchanteurs et de chevaliers aux épées magiques. Il était nostalgique de cette époque heureuse et insouciante où ses parents étaient encore en vie et sa famille unie.

Il fût tiré de ses pensées par Molly qui annonçait que le dîner était prêt.

— Merci Molly, fit Lochlan. Seamus et toi ne dînez pas avec nous, vous êtes sûrs ?

— Oui, oui. C'est mieux que vous restiez en famille ce soir.

— Mais vous faites partie de la famille.

— C'est gentil Lochlan, mais tu vois ce que je veux dire. Nous déjeunerons tous ensemble demain, ne t'inquiète pas, le rassura-t-elle.

— Comme tu veux. Bon, nous allons passer à table alors pour faire honneur aux bons petits plats que tu nous as concoctés comme d'habitude.

Molly rougit sous le compliment et fila dans la cuisine. Maureen était ravie des relations entre la famille O'Neil et les Flynn. Elle n'était pas habituée à être servie et le fait d'avoir du « personnel » la mettait un peu mal à l'aise. Mais manifestement, Molly et Seamus, bien qu'employés, étaient considérés comme des membres de la famille. Ils tutoyaient Lochlan et Ayden et partageaient même leurs repas en temps normal. Maureen préférait cela même si ces relations ne devaient pas être courantes dans les familles un peu huppées.

Ils s'installèrent autour de la grande table dressée pour trois. Elle pouvait facilement accueillir dix ou douze convives et cela faisait un peu bizarre d'être en si petit comité. Molly avait sorti un beau service de porcelaine et des verres en cristal. Maureen admirait cette belle salle à manger aux murs bleu gris, décorés de jolis tableaux représentant des paysages de forêts, de lacs ou de bord de mer. Juste au-dessus de la table, deux lustres à pampilles en verre et cristal apportaient une touche de sophistication surannée.

Le repas se révéla succulent. Molly était une cuisinière hors pair et Maureen fit honneur à son talent. Lochlan était un hôte d'excellente compagnie et ils conversèrent agréablement pendant le dîner. Elle apprit que c'était lui et Nora qui avaient peint les tableaux accrochés au mur. Ils partageaient cette passion pour la peinture et s'adonnaient à ce loisir dans la verrière qui avait été ajoutée au bâtiment principal et dont la lumière, selon Lochlan, était exceptionnelle. Ayden, fidèle à lui-même, n'avait pas décroché un mot ou presque pendant tout le repas. Si Maureen avait décidé de l'ignorer pour se focaliser sur sa conversation avec Lochlan, elle ne pouvait s'empêcher de sentir son regard intense posé sur elle.

— Alors, Maureen, parlez-nous un peu de vous. Où habitez-vous ? Vous travaillez dans une bibliothèque c'est bien ça ? l'interrogea Lochlan.

— Oui c'est ça. Je travaille à la médiathèque de Sarzic. J'adore les livres, et j'adore partager ma passion avec les gens et surtout les enfants. J'anime un atelier de lecture de contes et légendes de Bretagne pour les plus jeunes. J'aime beaucoup leur raconter des histoires. Ils sont fascinés ! Ça les incite à lire et développe leur imaginaire. Donc les fées, la magie, les lutins c'est mon domaine, dit-elle en riant.

Ayden l'écoutait avec attention. Son enfance avait été bercée par ces mêmes légendes. Quand elle en parlait, le visage de Maureen s'animait. Ses yeux limpides brillaient d'un éclat différent. Son rire était cristallin et mélodieux. Elle rayonnait et réussissait à communiquer cette chaleur à son auditoire. Pas étonnant que les gamins soient suspendus à ses lèvres. Pour la première fois depuis des jours, un sourire amusé s'esquissa sur les lèvres du jeune homme.

— Chez nous on appelle les lutins des Korrigans, poursuivait Maureen. Et chez vous, je crois que ce sont des....

— Leprechauns, la coupa Ayden de sa voix profonde.

Maureen tourna vivement la tête vers lui, stupéfaite. De la part d'un homme du genre taiseux, elle ne s'attendait absolument pas à ce qu'il intervienne sur un sujet aussi futile que les lutins ! Son regard accrocha celui du jeune homme. La méfiance et l'animosité avaient laissé place à une certaine douceur qu'elle ne lui avait pas encore vue. Elle saisit l'occasion et répondit avec enthousiasme :

— Oui c'est ça des Leprechauns ! Je crois qu'ils ont en commun avec les Korrigans leur richesse et leur caractère facétieux. Ils aiment bien passer leurs temps à faire des farces, ajouta-t-elle avec un sourire malicieux. Vous vous intéressez aux Leprechauns Ayden ?

C'était la première fois qu'elle prononçait son prénom et le jeune homme se surprit à aimer l'entendre sur ses lèvres avec son petit accent français.

— Nora me lisait des histoires de lutins quand j'étais petit, avoua-t-il avec nostalgie. Une ombre de tristesse passa dans son regard. Puis, conscient et furieux de s'être laissé aller à des confidences, il répliqua sèchement :

— C'était il y a longtemps. Je ne suis plus un enfant et Nora n'est plus là.

La trêve avait été de courte durée. Ayden s'était de nouveau renfermé sur lui-même, mais Maureen avait entrevu un autre homme l'espace d'un instant. Et si son attitude délibérément silencieuse et hostile cachait autre chose ? Elle avait du mal à le cerner mais elle venait de voir une brèche dans sa cuirasse. Elle tenta de renouer le dialogue :

— Ma mère aussi me lisait ces histoires. J'ai toujours été fascinée par la culture celtique. Pour vous dire la vérité, j'ai toujours eu très envie de venir en Irlande.

— Ah oui ? Mais vous avez attendu la mort de Nora pour franchir le pas, l'attaqua Ayden, volontairement blessant. Puisque vous voulez « dire la vérité » comme vous dites, j'ai une question à vous poser : avez-vous l'intention de vendre Loughinch House au plus offrant quand mon grand-père sera parti ?

— Ayden ! Ça suffit ! s'écria Lochlan d'un ton autoritaire.

Maureen resta sans voix, blessée et abasourdie par les propos du jeune homme. Alors c'était ça la raison de son attitude ? Il était furieux parce qu'elle avait hérité à sa place de la maison ? Pensait-il qu'elle n'en voulait qu'à l'argent ?

Un silence pesant s'était installé. Ayden posa un regard sombre tour à tour sur Maureen et son grand-père, puis se leva brusquement et quitta la pièce sans un mot, bousculant au passage Molly qui venait débarrasser. Consciente de la tension qui régnait, Molly tenta une diversion.

— J'ai mis de l'eau à chauffer. Vous prendrez bien une tasse de thé ?

— Avec plaisir. Merci Molly, fit Lochlan avec soulagement. Maureen, vous voulez bien partager un thé avec moi ? Je vous en prie. Je crois qu'il est temps que nous ayons une vraie discussion.

Toujours sous le choc, Maureen comprit la supplique muette de Lochlan derrière cette invitation. Un voile de tristesse couvrait son regard.

— Oui, j'en serais ravie, répondit-elle.

— Parfait. Molly, tu peux nous l'apporter dans la bibliothèque s'il te plaît ?

Molly hocha la tête et repartit préparer le thé.

— Si vous voulez bien me suivre, il y a une pièce qui devrait vous plaire, dit-il à Maureen.

Ils repassèrent par le hall et se dirigèrent vers l'arrière de la maison. Lochlan poussa une belle porte en bois sombre sculptée et Maureen pénétra dans le paradis des amateurs de livres. La pièce était remplie du sol au plafond par des rayonnages de livres anciens avec des couvertures en cuir. Maureen s'approcha et effleura du bout des doigts les ouvrages précieux en lisant le nom des auteurs. James Joyce, Samuel Beckett, Oscar Wilde, George Bernard Shaw, Jonathan Swift. Les auteurs irlandais étaient bien sûr à l'honneur. Les œuvres anglaises n'étaient pas en reste avec des livres de Charles Dickens, Jane Austen, Shakespeare, Virginia Woolf, Charlotte Brontë entre autres. Maureen continua son exploration et arriva aux auteurs et poètes français : Hugo, Camus, Zola, Flaubert, Voltaire, Maupassant, Dumas, Balzac, Baudelaire, Apollinaire, Rimbaud, Verlaine. Tous les classiques de la littérature française et anglo-saxonne étaient réunis sous ses yeux émerveillés. La pièce était chaleureuse avec ses grands fauteuils en bois et velours et sa cheminée d'où s'élevaient des flammes crépitantes. Une banquette installée devant un grand *bow-window* donnait sur le jardin à l'arrière de la maison. Maureen s'y voyait bien, confortablement installée avec un bon livre. Ou bien dans un fauteuil au coin du feu. Elle n'arrivait pas à choisir son endroit préféré, mais une chose était certaine : cette bibliothèque était une merveille et les coins lecture *cosy* ne manquaient pas.

Lochlan la regarda en souriant progresser dans la pièce et s'émerveiller. Elle ressemblait à une enfant dans un magasin de sucreries.

— Alors ? La bibliothèque vous plaît ?
— Oh Monsieur O'Neil, elle est magnifique ! Je pourrais y passer des heures ! s'exclama Maureen, enchantée.
— Je vous en prie, appelez-moi Lochlan. C'est ce que faisait Nora. Elle adorait lire elle aussi. Elle a tenu à ce que ses deux cultures soient représentées. C'est pour cette raison qu'elle a réuni ici ses auteurs préférés, des deux côtés de la mer Celtique. C'est grâce à elle que j'ai découvert vos écrivains français et que j'ai appris votre langue. Elle a également enseigné cet amour de la lecture à Ayden. Ils ont passé beaucoup de temps dans cette pièce tous les deux, lui confia-t-il mélancolique.

Maureen revint vers lui et croisa son regard triste. Molly avait raison, il essayait de faire bonne figure, mais elle ressentait sa peine. C'est à cet instant que la gouvernante entra avec un plateau contenant tasses, théière, sucre, pot à lait et petits gâteaux faits maison. Elle déposa son chargement sur la table basse située entre les deux fauteuils disposés devant la cheminée.

— Merci Molly, fit Lochlan. Tu peux rentrer te reposer, je me chargerai de débarrasser. À demain !

Molly salua Maureen et Lochlan et les laissa seuls. Ils s'installèrent près du feu et Lochlan fit le service. Après quelques gorgées, Lochlan rompit le silence.

— Je voulais m'excuser pour la conduite d'Ayden au dîner en particulier, et en général d'ailleurs.

— Non, je vous en prie, vous n'avez pas à vous excuser.

— Je sais bien que son attitude ne joue pas en sa faveur, mais Ayden est un bon garçon vous savez. Il ne faut pas lui en vouloir. Il était très attaché à Nora et son décès lui a rappelé un événement douloureux et difficile de sa vie.

Maureen demeura silencieuse pour ne pas troubler ce moment de confidence. Manifestement, c'était aussi pénible pour Lochlan d'en parler. Il soupira puis se lança.

— Ses parents sont morts dans un accident d'avion. Il venait tout juste d'avoir dix-sept ans. C'était le 10 février 2011. Je n'oublierai jamais cette date. Ça a été un choc, un véritable drame pour lui. Il s'est renfermé sur lui-même. Il s'est muré dans son chagrin et n'a pas prononcé un mot pendant plus d'un mois. C'est Nora qui à force de patience et d'amour a réussi à le sortir de son mutisme. Elle a été d'un immense soutien, pour lui, comme pour moi.

— Oh mon dieu ! Je suis tellement navrée, dit Maureen bouleversée. Mais, si c'étaient les parents d'Ayden, cela signifie que....

Elle ne parvint pas à terminer sa phrase, de peur de se montrer indiscrète.

— Cela signifie que ce jour-là j'ai perdu mon fils et ma belle-fille, acheva Lochlan d'une voix étranglée.

Maureen comprenait mieux à présent la souffrance à laquelle Molly avait fait allusion. Lochlan et Ayden avaient vécu une tragédie familiale qui restait encore douloureuse et le décès de Nora n'avait fait que raviver cette blessure. Après le drame, Lochlan et Nora avaient recueillis Ayden et avaient essayé de combler au mieux l'absence de ses parents. Malgré tout leur amour et leur bonne volonté, Ayden était devenu un adolescent renfermé et en colère. En grandissant, l'adolescent avait laissé place à un homme solitaire et peu expansif, très attaché au clan familial qu'il lui restait et à sa terre, et prêt à les défendre bec et ongles.

Visiblement très affecté par les révélations qu'il venait de faire à Maureen, Lochlan mit fin à leur échange en prétextant la fatigue, non sans lui avoir promis de continuer cette conversation le lendemain. Il lui proposa de lui faire visiter le domaine, ce qu'elle accepta avec joie.

Maureen n'avait pas envie de se coucher. Elle aurait été incapable de dormir de toutes façons après cette discussion riche en tristes révélations. Elle ne voyait plus Ayden de la même façon, mais elle se doutait qu'il serait difficile de l'apprivoiser. Elle décida d'aller prendre l'air et sortit faire un tour dans le jardin. La nuit était un peu fraîche mais agréable. Le ciel ressemblait à celui qu'elle connaissait en Bretagne. Dans les zones pas ou peu urbanisées, la voûte étoilée révélait toute sa beauté car les lumières des villes ne venaient pas polluer la nuit. Elle aimait ce silence apaisant à peine troublé par l'ululement d'une chouette. La sérénité du moment calma les tensions accumulées dans la journée. Au bout d'une demi-heure de balade, elle retourna vers la maison et fut accueillie sur le perron par Shelby qui remua la queue en la voyant. Même si Ayden avait dit qu'il n'aimait pas les étrangers, il semblait l'apprécier en fin de compte.

— Hello Shelby ! Tu es tout seul ? Où est ton maître ? demanda-t-elle au chien qui vint réclamer une caresse.

— Toi aussi tu aimes bien te balader la nuit ? Tu veux que je reste un peu avec toi ?

Shelby s'assit devant elle et lui tendit sa patte.

— Je prends ça pour un oui, dit-elle en prenant sa patte dans sa main.

Elle s'assit sur les marches. Le chien vint se coucher à côté d'elle et posa sa tête sur ses genoux. Elle se mit à fredonner tout en le caressant machinalement.

Après avoir brusquement quitté la table, Ayden était parti marcher avec son chien pour se calmer. Le grand air l'apaisait toujours. Il était furieux contre lui-même. D'une part parce qu'il s'était laissé aller à des confidences devant une étrangère, d'autre part parce qu'il avait surréagi et s'était montré franchement agressif envers elle. Maureen n'avait pas mérité ça. Il ne savait pas trop quelle attitude adopter avec la jeune femme. C'était une étrangère certes, mais qui faisait partie de la famille. Il en voulait à Nora et Lochlan de ne pas lui avoir parlé d'elle plus tôt. Pour quelles raisons l'avaient-ils tenu dans l'ignorance ? Et aujourd'hui, cette fille débarquait et le dépossédait de son foyer, du seul endroit qui lui rappelait les siens. Avant même de l'avoir rencontrée, il était bien décidé à la détester. Mais il fallait bien reconnaître que la jeune femme avait un charme indéniable et qu'il était difficile de la haïr. Et plus il l'observait et apprenait des choses sur elle, plus il la trouvait intéressante. Ils étaient pourtant très différents l'un de l'autre. Elle était aussi rayonnante qu'il était sombre, elle était aussi expansive qu'il était réservé. La seule certitude qu'il avait, c'était qu'elle venait perturber son univers, et cela ne lui plaisait pas du tout.

Il en était là de ses réflexions lorsque Shelby fila vers la maison sans l'attendre. Quelle mouche l'avait donc piqué ? Le jeune homme prit son temps pour rejoindre le manoir, Shelby n'aurait qu'à l'attendre. Il arrivait par le jardin de derrière quand il lui sembla entendre chanter. Guidé par cette voix mélodieuse, il avança à pas feutrés jusqu'à l'angle de la maison et la scène qui se tenait sous ses yeux le captiva. Maureen fredonnait tout en caressant Shelby paisiblement installé contre elle. Il n'avait jamais vu son chien faire une chose pareille avec qui que ce soit à part lui. Elle l'avait ensorcelé ou quoi ? Il est vrai que sa voix claire et douce avait quelque chose d'envoûtant. Il reconnut l'air qu'elle chantait. Un air irlandais. Celui que Nora lui chantait quand il était enfant. Mais comment le connaissait-elle ? Il resta sans bouger à l'écouter. Il n'osait troubler cet instant de grâce. Shelby l'avait entendu arriver et avait tourné une oreille dans sa direction, prêt à bouger sur l'ordre de son maître, mais celui-ci n'en fit rien. Soudain, un coup de vent fit claquer un volet et Maureen sursauta, mettant fin à ce moment enchanteur.

— Bon mon grand, je crois qu'il est temps d'aller dormir tu ne crois pas ? dit-elle en s'adressant à Shelby.

Comme s'il comprenait, le chien se leva, s'étira et partit en direction de l'angle de la maison où son maître se trouvait.

— Bonne nuit Shelby ! fit Maureen en souriant avant de rentrer dans la maison.

Une fois dans sa chambre, Maureen se déshabilla et enfila un tee-shirt long avant de s'installer en tailleur sur le lit avec son ordinateur. Elle vérifia rapidement ses mails et envoya quelques messages, puis se laissa aller sur son oreiller, épuisée par les évènements et les émotions de la journée. Elle repensa au rendez-vous chez le notaire et à la lettre que lui avait laissée sa grand-mère. Elle sauta du lit pour aller chercher le document dans son sac et le relut attentivement. La même émotion mais également la même sensation d'étrangeté qui l'avait saisie chez le notaire l'envahirent de nouveau. Elle parcourut encore une fois les lignes écrites à la main par Nora. Plus elle relisait la lettre, plus elle avait l'impression que sa grand-mère avait cherché à lui dire quelque chose. C'était comme s'il y avait un sens caché entre les lignes. Elle se creusa la tête et s'abîma les yeux à force de chercher une réponse puis finit par renoncer, non sans un sentiment d'inachevé. Elle se fustigea intérieurement. C'était certainement le fruit de son imagination, qu'elle avait débordante. À force de lire des contes et des légendes remplis de magie et d'énigmes aux enfants, elle voyait des mystères partout.

Elle s'apprêtait à refermer son portable, mais suspendit son geste et ouvrit Google. Elle tapa « accident avion Irlande 2011 » et les résultats de sa recherche s'affichèrent. Elle tomba sur un article du journal *Le Monde* daté du jour de l'accident, dont le titre était : « Six morts dans un accident d'avion en Irlande : le petit avion qui transportait douze personnes s'est écrasé à l'aéroport de Cork, dans le sud du pays ».[1]

Maureen cliqua sur le lien et découvrit avec horreur les circonstances du drame, dû à une mauvaise visibilité. La lecture de l'article lui donna des frissons d'effroi. Elle imaginait la douleur et le désespoir qu'avait dû ressentir Ayden. Perdre ses parents de cette façon était inconcevable et effroyable. Un adulte n'était pas préparé à affronter un tel drame, alors un adolescent de dix-sept ans ! Chaque personne réagit différemment au deuil. Ayden avait choisi le mutisme et la colère. C'était compréhensible. Elle éprouva un élan de compassion pour le jeune garçon qu'il était à l'époque. Quant à Lochlan et Nora, ils avaient dû mettre leur chagrin de côté et rester forts pour pouvoir soutenir Ayden et l'empêcher de sombrer. Elle ne pût s'empêcher de penser au décès de sa propre mère et à l'immense chagrin qui l'avait envahi. Tout comme Ayden, elle s'était retrouvée orpheline, n'ayant jamais connu son père. À la différence qu'elle était adulte à la mort de sa mère, ce qui n'empêchait ni la tristesse, ni un immense

---

[1] Article du journal *Le Monde* avec AFP et Reuters, 10 février 2011

sentiment d'abandon. Elle comprenait mieux que personne ce qu'il pouvait éprouver. Ils avaient peut-être plus en commun qu'elle ne le pensait finalement.

Distillerie Murphy, domaine de Loughinch House (designed by Freepik)

4. Le domaine

Lorsqu'elle s'éveilla le lendemain matin, Maureen avait le sentiment de ne pas avoir beaucoup dormi. Son sommeil avait été agité et peuplé de mauvais rêves. Elle bailla et s'étira longuement puis sauta du lit pour aller tirer les rideaux. Un magnifique ciel bleu et la vue sur le lac paisible lui redonnèrent le sourire. Après une bonne douche, elle s'habilla rapidement et descendit pour le petit-déjeuner. Une bonne odeur de café et de gâteau sortant du four la guida jusqu'à la cuisine où Molly s'affairait. La pièce était vaste et chaleureuse. Des meubles en bois teintés de bleu pâle, un énorme piano de cuisson avec deux fours rehaussés d'une crédence en zelliges bleu-vert, et une grande table en chêne massif occupaient l'espace. Maureen s'y sentit immédiatement à l'aise.

Lochlan et Ayden étaient attablés et lisaient le journal devant leur bol de café. Shelby était allongé aux pieds de son maître. Dès qu'il la vit, il vint lui faire la fête joyeusement. Maureen le caressa tout en jetant un coup d'œil furtif à Ayden, espérant que cela ne le contrarie pas. Mais celui-ci se contenta de les observer silencieusement. Était-ce l'esquisse d'un sourire qu'elle avait vu se dessiner sur ses lèvres ?

— Bonjour tout le monde ! lança-t-elle joyeusement.

— Bonjour Maureen ! Vous avez passé une bonne nuit ? demanda aimablement Lochlan.

— J'ai eu un peu de mal à m'endormir mais ça va mieux ce matin.

— Café ou thé, mademoiselle Maureen ? proposa aimablement Molly.

— Du thé s'il-vous-plaît. Merci. Et je vous ai dit de m'appeler juste Maureen, Molly, lui rappela-t-elle gentiment.

— D'accord, d'accord, acquiesça celle-ci avec un sourire affable. Des œufs brouillés au bacon et des toasts cela vous convient ?

— Oui c'est parfait ! J'ai senti une bonne odeur en arrivant, qu'est-ce que c'était ? demanda-t-elle d'un air gourmand.

— Ce sont les fameux scones de Molly, répondit Ayden en poussant un petit panier recouvert d'un torchon devant elle. Tenez, servez-vous, ils sont à tomber !

Voilà qu'Ayden se montrait aimable ! Maureen était ravie et un peu décontenancée. Elle ne savait jamais sur quel pied danser avec lui. Mais elle préférait assurément cette version du jeune homme dont le regard qui l'enveloppait la troublait plus qu'elle ne l'aurait voulu. L'ambiance était beaucoup plus détendue que la veille et elle savoura tranquillement son petit déjeuner en devisant avec Molly et Lochlan. Même Ayden participa un peu à la conversation, un miracle !

Après avoir avalé sa dernière gorgée de café, le jeune homme se leva.

— J'y vais. A tout à l'heure ! dit-il sobrement. Et il sortit de la pièce.

Maureen le suivit des yeux.

— Où va-t-il ?

— A la distillerie. Je vous emmènerai la visiter tout à l'heure, répondit Lochlan.

Quelques minutes plus tard, Maureen entendit le hennissement d'un cheval. Elle jeta un coup d'œil par la fenêtre et vit Ayden s'éloigner au galop.
— Vous avez des chevaux ? interrogea-t-elle émerveillée.
— Oui. Nous avons une petite écurie derrière la maison. Vous ne pouviez pas la voir en arrivant. Ayden préfère se déplacer à cheval sur le domaine.
Maureen était aux anges. Elle adorait les chevaux. Décidément, cet endroit lui plaisait de plus en plus.
— Quand vous aurez fini de déjeuner, je vous emmène faire le tour du propriétaire ?
— Oh oui, j'ai hâte ! fit-elle avec empressement en avalant la fin de son bol de thé.
Lochlan sourit. La spontanéité de la jeune femme faisait plaisir à voir. Elle paraissait plus jeune que son âge et sa bonne humeur était communicative. Nora avait raison. Maureen était d'un naturel enjoué et généreux et il espérait bien que sa personnalité allait ramener un peu de lumière dans la maison.

Le ciel était dégagé et le soleil brillait. Seuls quelques nuages blancs venaient troubler l'azur au-dessus de leur tête. Lochlan décida de sortir la calèche, pour le plus grand bonheur de Maureen. Ils se rendirent aux écuries et Lochlan attela Dagda, le gentil cheval de trait noir et blanc de race Irish Cob tout en rondeurs et en crinière, et ils se mirent en route.
Comme l'avait indiqué le notaire, le domaine de Loughinch House couvrait quarante-cinq acres, soit environ dix-huit hectares. Les bâtiments étaient constitués du manoir et de ses dépendances dont l'écurie, de deux cottages et de la distillerie. Les terres se composaient du jardin entourant la maison, d'une partie boisée et d'une grande étendue de lande laissée à l'état sauvage. C'est dans cette partie, de l'autre côté du lac, que se trouvait la distillerie Murphy dont s'occupait Ayden.

L'écurie et les autres dépendances situées à l'arrière du manoir formaient un U avec le bâtiment principal, délimitant ainsi une cour intérieure depuis laquelle on pouvait soit accéder à l'avant de la maison en passant sous une voûte en pierres, soit emprunter un chemin qui menait vers le lac et le reste du domaine. Les parties extérieures du domaine comprenaient une ceinture boisée périphérique, constituée de hêtres, de frênes, de mélèzes et d'épicéas, qui créaient un agréable sentiment d'intimité et d'isolement.

La calèche suivit le chemin en direction de la distillerie. Au fur et à mesure de leur progression, le paysage se transformait. La pelouse et les parterres de fleurs soignés laissèrent la place à la végétation indomptée des tourbières ponctuée de bruyères rosées et d'ajoncs aux fleurs jaunes. Lochlan expliqua que la tourbe était une matière spongieuse et légère, issue de la décomposition de végétaux à l'abri de l'air, d'herbe, d'arbustes, et de mousse. La tourbe blonde, récente, était utilisée comme amendement pour les cultures ; tandis que la tourbe plus ancienne et plus dure, était utilisée sous forme de briquettes séchées pour le chauffage. Le contraste était saisissant entre le havre de paix rassurant constitué par le manoir et ses jardins, et cette nature sauvage et plutôt inhospitalière. Pourtant, Maureen était fascinée et sous le charme du paysage qui l'entourait.

Ils arrivèrent bientôt aux abords du lac dont ils firent le tour jusqu'à la distillerie qui se situait à l'une de ses extrémités, à la jonction avec la rivière Loughinch. Lochlan arrêta la calèche devant la porte du bureau dans lequel Ayden était en pleine discussion avec l'un de ses employés. Il leva la tête en voyant son grand-père et Maureen descendre de l'attelage et fronça les sourcils. Pourquoi venaient-ils le déranger sur son lieu de travail ?

— Qu'est-ce que vous venez faire ici ? interrogea-t-il abruptement.

— J'avais promis à Maureen de lui faire visiter le domaine et la distillerie. Ça c'est de ton ressort, Tu seras un bien meilleur guide que moi, répondit Lochlan en ignorant le regard sombre de son petit-fils.

— J'ai du boulot et il n'y a rien d'intéressant ici pour Maureen.

— Je ne veux pas vous déranger dans votre travail mais je serais curieuse de découvrir le processus de fabrication du fameux whisky irlandais, intervint Maureen.

Ayden la scruta un instant en silence. Elle avait l'air sincèrement intéressée et il ne voyait aucune raison objective de ne pas satisfaire sa curiosité, mais il restait sur la réserve. Il n'aimait pas qu'on envahisse son espace.

— On dit whiskey avec un « e » et non whisky. Le whisky est écossais, le whiskey irlandais, répliqua-t-il d'un ton bourru.

— Ah oui ? C'est ça la différence avec le whisky écossais ? demanda Maureen en toute innocence.

— Bien sûr que non ! Le procédé de fabrication est différent, les saveurs sont différentes, répondit-il d'un air offusqué mais avec passion. Il soupira et capitula :

— Venez, je vais vous montrer.

Ils entrèrent dans la distillerie et s'arrêtèrent devant trois énormes alambics en cuivre tandis qu'Ayden se lançait dans ses explications.

— Le whiskey est une eau-de-vie obtenue par la distillation de céréales, souvent de l'orge, fermentées. Les whiskeys de malt contiennent environ 70 % d'alcool par volume, avant de passer trois ans minimums à vieillir dans des fûts de chêne. Pendant cette période, l'alcool s'évapore partiellement et le taux d'alcool redescend entre 55 % et 65 %. C'est ce qu'on appelle la « part des anges ». Avant l'embouteillage, le whiskey est dilué avec de l'eau pure pour obtenir un taux d'alcool de minimum 40 %. C'est une étape importante qui modifie son goût de façon significative.

— C'est quoi le malt ?

— Pour faire simple, le malt est obtenu à partir de l'orge que l'on fait tremper pour enclencher un processus de germination. Cette germination est ensuite stoppée à un moment précis pour déterminer le taux de sucre de l'orge. Cette étape s'appelle le touraillage. L'orge est séchée dans un four, ce qui va provoquer des réactions chimiques. C'est ce qui contribue à la formation de composés aromatiques caractéristiques du malt mais également à sa couleur. C'est à cette étape que les Écossais utilisent la tourbe comme combustible pour fumer leur whisky. Le whiskey irlandais contient peu ou pas de tourbe, il n'y a donc généralement pas de fumée dans nos whiskeys.

La sonnerie d'un téléphone interrompit l'exposé d'Ayden. Lochlan s'éloigna pour répondre à l'appel. Il revint quelques secondes plus tard.

— Désolé, je dois retourner au manoir, j'avais oublié que quelqu'un devait venir pour faire un devis pour les réparations du toit. Maureen, je vous laisse entre les mains expertes d'Ayden. S'adressant à son petit-fils :

— Ayden, tu pourras ramener Maureen s'il-te-plaît ?

Avant même que le jeune homme ait eu le temps de répondre, son grand-père avait tourné le dos et était sorti précipitamment.

— Bon, nous voilà tous les deux, constata Ayden, un peu décontenancé. Vous voulez continuer ? Je comprendrais très bien que vous en ayez un peu marre de toutes ces explications. J'ai tendance à me laisser emporter quand je parle whiskey.

— Je vous prie, poursuivez, c'est très intéressant. Et autant que je sois instruite sur le sujet. C'est un peu mon héritage après tout, fit-elle en souriant.

— OK. Alors....

Maureen buvait les paroles du jeune homme. Son exposé était clair et très complet. Elle ne retiendrait certainement pas tout mais elle était consciente de l'investissement et de la rigueur nécessaires à la fabrication de cet « or liquide » comme l'appelait Ayden. Un peu dépassée par certains aspects techniques, la jeune femme observa avec attention le jeune homme animé d'un feu qu'elle ne lui avait encore jamais vu jusque-là. Il était passionné et comme transcendé par ce sujet qui lui tenait à cœur, ses yeux brillant d'une lueur nouvelle et intense.

Elle reporta son attention sur le discours d'Ayden qui continuait sa démonstration.

— …En revanche, l'Irish whiskey se distingue par ses saveurs légères, douces et fruitées inimitables qui proviennent du processus de distillation. Elle s'effectue dans ces alambics en cuivre. Le whiskey irlandais est presque toujours distillé trois fois, pour se différencier du whisky écossais qui n'est généralement distillé que deux fois. C'est ce procédé de triple distillation qui va contribuer à l'épanouissement de son goût et de ses arômes. En conclusion, chacune des étapes de la fabrication du whiskey est déterminante pour la qualité et les saveurs que l'on veut obtenir. Le choix des céréales, la qualité de l'eau, le type de combustible utilisé pour faire sécher le malt, le nombre de distillation, les fûts employés pour le vieillissement. C'est ce qui donne à chaque whiskey des arômes différents et leur singularité.

Ayden arrêta de parler et remarqua soudain que Maureen le dévisageait en souriant.

— Je vous ai soûlée, c'est le cas de le dire ? demanda-t-il un peu gêné.

— Non, au contraire. C'était très instructif. On voit que vous êtes un passionné, ça me fait plaisir de vous voir vous animer quand vous parlez de votre whiskey.

Il lui lança un regard indéchiffrable mais dénué d'hostilité et l'invita d'un geste à prendre la direction de la sortie. Une fois à l'extérieur de la distillerie, ils firent quelques pas le long du cours d'eau. Maureen respira l'air frais à plein poumons et s'accroupit au bord de la rivière. Elle plongea sa main dans l'onde fraîche et pure, laissant s'écouler l'eau entre ses doigts.

— Alors c'est cette eau qui donne en partie un goût exceptionnel à votre whiskey ? Je comprends que vous soyez attaché à cette terre, c'est elle qui donne l'âme de votre création. Elle est vos racines, votre passé et votre avenir.

Ayden la regarda, surpris. Elle avait compris. Elle ne le connaissait que depuis la veille, c'était une étrangère et pourtant elle comprenait son rapport à la terre. Curieusement, elle semblait à sa place ici, sur cette lande sauvage qu'elle foulait pour la première fois. Pour ne pas montrer son trouble, il fit diversion :

— Il est temps de rentrer si on ne veut pas être en retard pour le déjeuner. Molly ne nous le pardonnerait pas.

Il tourna les talons pour aller seller Pooka, son étalon gris, qui broutait tranquillement un peu plus loin. Il sauta avec aisance sur son cheval et tendit la main à Maureen.

— Vous venez ?

Maureen hésita un instant.

— À moins que vous ne préfériez rentrer à pied ? lança-t-il d'un ton un peu provocateur.

Relevant la tête avec une lueur de défi dans le regard, Maureen saisit la main tendue et se retrouva à califourchon devant le jeune homme. Il passa une main de chaque côté de sa taille pour prendre les rênes et ils se mirent en route au pas. À la fois gênée et troublée par la promiscuité avec le corps d'Ayden, Maureen tentait de maintenir une distance entre eux deux en se mettant le plus possible vers l'avant mais le mouvement du cheval et la forme de la selle la ramenaient invariablement en arrière. Au bout d'un moment elle cessa de lutter. Elle se cala contre le buste du jeune homme et décida de se concentrer sur le paysage. Mais curieusement, elle n'éprouvait à présent plus d'embarras, mais un sentiment de sécurité et de sérénité.

Ayden avait senti que la jeune femme était crispée. C'était sans doute la première fois qu'elle montait à cheval, et à deux, il fallait reconnaître que ce n'était pas très confortable. Sans savoir pourquoi, il fut soulagé et heureux de la sentir se détendre et s'appuyer contre lui. Il pouvait sentir son parfum discret qu'il n'avait pas perçu jusque-là. Seule une certaine proximité était nécessaire pour découvrir cette fragrance florale à la fois douce et enivrante. Malgré lui, il ressentait un certain trouble au contact des cuisses de Maureen contre les siennes. Il mesurait la faible distance entre ses mains et la taille de la jeune femme. Une brusque envie de l'enlacer l'envahit. Il n'en fit rien mais savoura chaque seconde du retour vers le manoir et du contact inopiné de leurs deux corps.

Ils arrivèrent à destination trop vite au goût du jeune homme. Il sauta de cheval et aida Maureen à descendre, cette fois en la prenant par la taille sans hésiter. Ils se retrouvèrent face à face, proche l'un de l'autre et les yeux gris de l'irlandais ténébreux plongèrent dans les prunelles émeraudes de la séduisante bretonne. Ni l'un ni l'autre n'arrivait à mettre fin à ce moment. Soudain, Pooka s'ébroua et le charme fût rompu. Ayden s'écarta vivement et Maureen baissa les yeux.

— Je m'occupe de Pooka et je vous rejoins pour le déjeuner.

— OK. A tout à l'heure alors ! Et merci pour la balade, répondit Maureen en tournant les talons et en s'enfuyant le plus vite possible.

Après avoir dessellé et brossé son cheval, Ayden quitta les écuries et pénétra dans le hall du manoir. Il fut attiré par des voix provenant de la cuisine. Il risqua une tête dans l'encadrement de la porte et ne put s'empêcher de sourire à la vue de Maureen en train d'éplucher des pommes de terre tout en bavardant avec Molly.

— Ah Ayden, tu tombes bien ! s'exclama la gouvernante. Une autre paire de mains ne sera pas de trop ! fit-elle en désignant les pommes de terre.

Le jeune homme allait s'installer quand la voix de Lochlan se fit entendre depuis le bureau :

— Ayden, tu peux venir voir s'il-te-plaît ?

— Désolé mesdames, j'aurais adoré me joindre à vous mais le devoir m'appelle, dit-il un brin narquois et il s'éclipsa sans demander son reste.

Un quart d'heure plus tard, le déjeuner était prêt et Molly demanda à Maureen d'aller prévenir ces messieurs. Elle s'apprêtait à toquer à la porte du bureau de Lochlan restée entrouverte, quand elle entendit la voix résignée d'Ayden. Il s'exprimait dans sa langue natale avec son grand-père mais elle comprit l'essentiel de la conversation.

— De toutes façons nous n'avons pas le choix. Tous les devis se valent à peu de choses près.

— Oui, mais il n'y a pas que les réparations du toit à effectuer. Il y a des fenêtres à changer également.

— Je sais. Mais il faut commencer par le plus important. Si la toiture continue à fuir, l'humidité s'installera et occasionnera d'autres dégâts. Avec ce que nous a laissé Nora, nous avons de quoi commencer les travaux. Pour le reste, je peux demander un prêt à la banque en hypothéquant la distillerie s'il le faut.

— Ayden, tu ne vas pas hypothéquer la distillerie ! C'est ton héritage et ta passion !

— Grand-père, si je n'ai pas le choix, je le ferai.

— Nous devrions peut-être en parler à Maureen. C'est elle la propriétaire maintenant.

— On ne va pas l'embêter avec ça. Elle vient d'arriver. On ne va pas se décharger sur elle des problèmes de Loughinch House. C'est nous qui y habitons, c'est à nous de trouver une solution, conclut Ayden d'un ton déterminé.

Maureen était un peu décontenancée par ce qu'elle venait d'entendre. Elle n'avait pas pensé une seule seconde que les O'Neil aient pu avoir des soucis financiers. En réfléchissant un peu, elle se rendit à l'évidence qu'une bâtisse aussi ancienne et un domaine aussi grand devaient forcément être coûteux en entretien. Elle se demanda si la seule rentrée d'argent du domaine était le whiskey fabriqué par Ayden. Même s'il y mettait tout son cœur, la distillerie n'était pas une grosse société. C'était une entreprise familiale et les retombées financières n'étaient peut-être pas suffisantes pour l'entretien du manoir. Elle se promit d'interroger Lochlan à ce sujet et frappa à la porte.

— Molly vous fait dire que le déjeuner est prêt !
— Tant mieux ! Je meurs de faim ! s'exclama Lochlan avec une mine gourmande tandis que Ayden levait vers elle des yeux remplis d'inquiétude.

Le déjeuner fut agréable et animé par les potins de Molly qui était une incorrigible bavarde. Depuis la visite de la distillerie, Ayden semblait plus détendu et, même s'il n'était pas très bavard, au moins n'affichait-il plus une franche hostilité envers Maureen. La jeune femme le surprit à l'observer à plusieurs reprises et à sourire aux bavardages de la gouvernante. Lorsqu'il souriait, Maureen remarqua une petite fossette se creuser au coin de ses lèvres qu'elle ne put s'empêcher de trouver séduisante. Son visage, qui revêtait d'ordinaire un masque sévère et fermé, se détendait et révélait un regard à la fois profond et chaleureux.

Après le déjeuner, Ayden retourna à la distillerie et Lochlan à son bureau, tandis que Maureen se rendit dans la bibliothèque. Après avoir parcouru les rayonnages, elle arrêta son choix sur le roman de Samuel Beckett, *Murphy*. Le moins que l'on puisse dire était que la coïncidence était surprenante puisque c'était le nom de naissance de Nora. Elle s'installa confortablement sur la banquette du bow-window et se plongea avec bonheur et avidité dans sa lecture.

Quelques heures plus tard, Lochlan vint la rejoindre.

— Désolé d'interrompre votre lecture.

— Je vous en prie. On ne voit pas le temps passer ici. C'est vraiment un endroit merveilleux !

— Nora adorait cette pièce. Parfois, elle y passait la journée entière et je devais venir la chercher sinon elle en oubliait même de venir manger.

— Ça ne m'étonne pas ! Moi aussi, quand je suis plongée dans un livre, j'oublie tout le reste.

— Vous avez beaucoup de points en commun avec votre grand-mère.

Maureen croisa son regard ému et son cœur se serra.

— J'aurais tellement aimé la connaître.

— Elle vous a écrit pendant des années, mais elle n'a jamais reçu aucune réponse de votre part, malheureusement.

Tandis que Maureen restait sans voix, abasourdie par ce que Lochlan venait de lui dire, au dehors, sous la fenêtre ouverte de la bibliothèque, Ayden ne perdait pas une miette de la conversation. Shelby commençait à s'agiter et le jeune homme craignit qu'il ne trahisse sa présence. Il s'éclipsa silencieusement à regret.

— Mais je n'ai jamais reçu aucune de ses lettres ! se récria Maureen, désemparée.

— C'est ce que Nora a fini par comprendre.

— Elles n'ont pas pu se perdre toutes quand même ! À moins que....

La jeune femme pâlit à l'idée qui venait de lui traverser l'esprit.

— À moins que ma mère ne les ait interceptées.

Elle croisa le regard peiné de Lochlan et lut dans ses yeux qu'il en était arrivé à la même conclusion qu'elle.

Le lendemain matin, Maureen accompagna Molly au marché de Galway. La quatrième ville d'Irlande par son nombre d'habitant avait la réputation d'être toujours en fête. Bohème et conviviale, Galway et son quartier latin était animée par les musiciens de rue et les pubs branchés. D'après Molly, il ne fallait pas rater le festival international des huîtres qui avait lieu fin septembre. Entre le goût des légendes et celui des fruits de mer, l'Irlande avait décidément beaucoup de points communs avec la Bretagne et Maureen ne se sentait pas dépaysée le moins du monde. Les deux femmes firent quelques emplettes et déambulèrent dans les rues médiévales de la ville puis rentrèrent pour préparer le déjeuner.

En début d'après-midi, Ayden sella Pooka, ainsi que Dana, une jolie jument à la robe beige et à la crinière noire pour Maureen. Lochlan avait suggéré à Ayden d'emmener Maureen faire une balade à cheval et la jeune femme, qui avait besoin de se changer les idées, avait accueilli cette proposition avec joie. Pour une fois, Ayden ne s'était pas fait prier et avait volontiers accepté de l'accompagner.

— Dana est très gentille, vous verrez.

— Elle a l'air adorable effectivement, renchérit Maureen en flattant l'encolure de la jument.

— Vous êtes prête ? On y va ?

Maureen acquiesça d'un signe de tête.

— Alors, en selle ! s'exclama Ayden en joignant le geste à la parole et en aidant Maureen à grimper sur le dos de Dana.

Il prit sa jambe pour la mettre en avant du quartier de la selle afin de lui régler ses étriers et une fois ces ajustements faits, il sauta à son tour sur son cheval.

— Vous n'avez qu'à me suivre. On va rester au pas. Faites confiance à Dana, elle connaît bien le chemin.

Ils se mirent en route en empruntant le même sentier que la veille puis bifurquèrent pour se diriger vers le petit bois du domaine. Ayden surveillait Maureen du coin de l'œil et se dit qu'elle se tenait bien et semblait assez à l'aise. C'était étrange. Il y a quelques jours encore, jamais il n'aurait imaginé se balader à cheval avec cette jeune femme, et encore moins apprécier de partager ce moment avec elle.

Ils sortirent du bois pour arriver dans un espace plus dégagé d'où l'on apercevait une petite colline.

— D'habitude, j'adore faire un galop jusqu'en haut, expliqua Ayden en désignant la colline. Mais je vais vous accompagner tranquillement aujourd'hui.

Il eut à peine le temps d'apercevoir une lueur de malice briller dans les yeux de Maureen et un petit sourire étirer ses lèvres, que la jeune femme lançait sa jument au galop en lui criant :

— Le dernier arrivé est de corvée de patates !

Abasourdi, Ayden resta quelques secondes sans réagir puis lança Pooka à la poursuite de Dana. Plus vif et plus rapide que la jument, l'étalon combla rapidement la distance qui les séparait mais la jeune femme avait pris Ayden par surprise et suffisamment d'avance pour arriver en premier au sommet de la colline.

— J'ai gagné ! s'écria-t-elle triomphante.

Ayden la contempla en silence. Les joues rosies par la course et ses mèches de cheveux en bataille ajoutaient à son charme indéniable. De plus, c'était manifestement une bonne cavalière. Il sourit, beau joueur et déclara :

— Ne me dites pas que c'est la première fois que vous montez à cheval !

— Je ne te le dirai pas, rétorqua-t-elle, espiègle.

— Tu t'es bien moquée de moi. J'imagine que tu n'avais pas besoin d'aide pour te mettre en selle ni pour régler tes étriers ?

— Tu imagines bien ! Mais tu l'as fait tellement bien !

Ils se regardèrent et éclatèrent de rire en même temps.

— Alors, du coup on se tutoie ? demanda le jeune homme qui avait répondu naturellement en employant le même pronom qu'elle.
— Je crois bien que oui, approuva Maureen avec un grand sourire.

5. Sybil

Lochlan savourait ce dîner qui se déroulait dans une ambiance conviviale. Maureen semblait s'être remise de leur conversation de la veille et Ayden était plus loquace que d'ordinaire. Lochlan savait qu'il fallait en attribuer le mérite à la jeune femme. Les deux jeunes gens se taquinaient gentiment au sujet de leur promenade à cheval.

— Je te dis que j'ai gagné la course ! s'entêta Maureen.

— Non, tu as triché ! Tu es partie devant en me mettant au défi. Je n'avais pas prévu de faire une course, bougonna-t-il.

— Il fallait bien que je te surprenne, Dana est beaucoup moins rapide que Pooka !

— Mais tu ne m'avais pas dit que tu savais monter à cheval, donc je ne m'y attendais pas.

— Tu ne me l'as jamais demandé. Tu as supposé en bon macho qu'une faible femme ne devait pas tenir sur un cheval, et c'était là ton erreur, fit-elle d'un ton provocateur et moqueur.

— Moi macho !? On aura tout entendu ! s'insurgea Ayden en levant les yeux au ciel d'un air faussement outré.

Ils se chamaillaient comme des gamins mais affichaient une complicité évidente. Lochlan les écoutaient en souriant. Maureen n'était là que depuis quelques jours mais son enthousiasme et son charme naturel avaient déjà agi sur Ayden. Lochlan était heureux de voir son petit-fils détendu et insouciant pour une fois. Il était rare de le voir sourire et encore moins plaisanter. Ce soir, Ayden lui rappelait l'enfant gai et espiègle qu'il avait été avant le décès de ses parents, et cela lui fit chaud au cœur.

Molly entra dans la pièce et interrompit leur joute verbale.

— Ayden, il y a mademoiselle Sybil à l'entrée pour toi.

Le jeune homme se rembrunit et l'étincelle dans son regard s'éteignit. *Mince !* Il avait complètement zappé cette soirée ! Avant qu'il n'ait eu le temps de réagir, une femme blonde d'une trentaine d'années entra sans y avoir été invitée dans la salle à manger et se précipita sur Ayden.

— Bonsoir, bonsoir ! clama-elle d'une voix haut perchée avec un enthousiasme forcé.

— Ayden tu ne me présentes pas ? demanda-t-elle en jetant un regard peu amène sur Maureen.

Agacé, Ayden s'exécuta d'un ton laconique :

— Sybil, je te présente Maureen, la petite-fille de Nora. Maureen, voici Sybil.

— Sa petite amie ! s'empressa de préciser Sybil d'un air entendu en s'accrochant d'autorité au bras du jeune homme.

— Alors c'est vous la petite française ? fit-elle en détaillant Maureen de bas en haut d'un regard dédaigneux et sans complaisance. Sans lui laisser le temps de répondre, elle apostropha Ayden d'un ton offusqué à la vue de la tenue décontractée du jeune homme :

— Ayden, Darling, tu ne peux pas sortir comme ça ! Tu devrais aller te changer.

Ayden lui lança un regard assassin. Il aurait préféré rester à la maison à converser avec Maureen et son grand-père, mais il avait promis à Sybil de l'accompagner à cette soirée.

— Donne-moi cinq minutes, je reviens, capitula-t-il finalement en se dirigeant vers sa chambre.

Lochlan, Maureen et Sybil le regardèrent s'éloigner en silence. Conscient du malaise qui s'était installé, Lochlan se tourna vers Sybil et lui proposa un verre de vin qu'elle accepta. Il ne l'avait jamais beaucoup apprécié et déplorait sa relation avec Ayden mais il s'efforçait de se montrer poli.

Maureen examina à son tour la jeune femme. Grande, une longue chevelure blond platine, un maquillage sophistiqué et des lèvres rouges pulpeuses, elle devait sans conteste faire tourner la tête des hommes. Elle était moulée dans une robe sexy qui mettait en valeur sa poitrine généreuse et dévoilait de longues jambes parfaites. Elle exhalait un parfum capiteux qui agressa les narines de Maureen. C'était une femme sûre d'elle et de son pouvoir de séduction, et elle n'aimait pas que l'on empiète sur son territoire. Or, tout dans son attitude avait bien fait comprendre qu'Ayden lui appartenait. Maureen ne l'aurait pas imaginé avec une femme comme elle. Mais après tout, elle ne le connaissait que depuis quelques jours.

Ayden redescendit quelques minutes plus tard. Il portait un jean bien coupé et une chemise noire cintrée qui mettait en valeur sa carrure. Maureen ne pût s'empêcher de le trouver très séduisant.

— Voilà qui est mieux ! approuva Sybil. Tu aurais pu faire un effort supplémentaire mais c'est déjà ça.

Ayden la foudroya du regard et aperçut l'air surpris et embarrassé de Maureen.

— Dépêche-toi, on va être en retard, rétorqua-t-il d'un ton sec à l'attention de Sybil.

— Oui tu as raison. Bonne soirée la compagnie ! lança-t-elle d'un air exagérément joyeux.

Ils quittèrent la pièce, Ayden sans un mot et Sybil pendue à son bras.

Comme il l'avait pressenti, le jeune homme s'ennuyait fermement à cette soirée. Tandis que Sybil se déhanchait sur la piste de danse ravie d'être le centre d'attraction et de l'attention de plusieurs hommes, Ayden était resté assis à une table et sirotait son énième whiskey. Il était furieux que Sybil ait débarqué de cette façon alors qu'il passait une agréable soirée. Depuis le temps, il connaissait ses manières et n'y prêtait plus attention. Elle était possessive, superficielle et égocentrique. Ils se connaissaient depuis l'université et il avait fini par céder à ses avances. Quand Sybil voulait quelque chose, elle mettait tout en œuvre pour l'obtenir. Au demeurant, elle n'était pas désagréable et ils passaient de bons moments ensemble, essentiellement dans un lit. En contrepartie, Ayden lui servait de chauffeur et de cavalier. Il l'accompagnait à quelques soirées car elle adorait s'afficher à son bras. Elle avait besoin d'un faire-valoir. Ayden était un homme séduisant et habitait un des plus beaux manoirs de la région, c'était donc un parti intéressant.

Ce qui mettait Ayden hors de lui, c'était que Maureen ait été témoin du cinéma de Sybil et de la façon dont elle s'était adressée à lui. Il n'avait pas non plus apprécié le ton méprisant que celle-ci avait adopté envers la jeune femme. Qui plus est, il détestait l'idée que Maureen puisse croire qu'il sortait avec Sybil. Ce qui dans les faits était plus ou moins le cas. Bref, il était furieux d'être furieux sans savoir vraiment pourquoi et ruminait dans son coin en attendant que la soirée se termine.

Vers trois heures du matin, Sybil consentit à rentrer et Ayden prit d'autorité le volant de la voiture pour revenir au domaine. Il aurait dû passer la prendre chez elle en début de soirée, mais ne le voyant pas arriver, elle avait décidé de venir le chercher. Ils s'étaient donc rendus à la fête avec la voiture de la jeune femme. Un silence tendu régnait dans l'habitacle.

— C'était une super soirée, dommage que tu n'en aies pas profité, remarqua-t-elle d'un air acerbe. Tu étais particulièrement taciturne ce soir, pire que d'habitude.

— Tu sais bien que je ne suis pas fan de ce genre de sauterie. Et tu aurais pu m'appeler au lieu de débarquer comme ça à l'improviste au manoir, répliqua-t-il visiblement contrarié.

— Je t'ai appelé et je t'ai laissé plusieurs messages, mais manifestement tu avais d'autres priorités. C'est à cause d'elle ?
— De qui tu parles ?
— Tu sais très bien de qui je parle. De la française.
— Laisse Maureen en dehors de ça s'il te plaît, gronda-t-il.
— On dirait une gamine ! s'esclaffa-t-elle. Elle n'a aucune classe avec son jean et ses baskets. Et ses cheveux ! Ce roux, c'est d'un vulgaire !

Ayden planta un coup de frein et Sybil fut projetée vers l'avant.

— Mais qu'est-ce qui te prend ? hoqueta-t-elle, surprise.
— Je t'ai dit de laisser Maureen en dehors de ça, c'est compris ? aboya-t-il, les yeux emplis d'une colère contenue.

Sybil le scruta, surprise. Son regard était sombre et froid. Quand il était comme ça, mieux valait ne pas le contrarier. Elle se recala dans son siège et resta muette. Ayden remit la voiture en route. Ils franchirent bientôt les grilles de Loughinch House et il se dirigea vers le cottage situé un peu à l'écart du manoir où il avait pris l'habitude de dormir quand il rentrait tard. Il coupa le contact et descendit de voiture sans dire un mot. Sybil ne comptait pas en rester là et savait quoi faire pour finir la soirée de façon plus agréable. Elle sortit de la voiture et rattrapa Ayden.

— Ayden, Darling, on ne va pas se quitter fâchés, ça serait dommage, minauda-t-elle en mettant ses bras autour du cou du jeune homme. Laisse-moi une chance de me faire pardonner, murmura-t-elle à son oreille en se serrant contre lui.

Elle planta son regard le plus enjôleur dans celui du jeune homme et l'embrassa avec fougue.

— Sybil, arrête ! ordonna-t-il en la repoussant avec lassitude.
— Tu es sûr que tu veux que j'arrête ? fit-elle provocatrice en posant sa main sur son entrejambe. La mâchoire du jeune homme se contracta, il lui saisit le poignet et retira sa main.

— Je sais que tu en as envie, susurra-t-elle avec un air de défi.

Ayden resta un instant silencieux et indécis, puis il attira brusquement Sybil contre lui et l'embrassa avec rudesse. Il passa une main sous sa cuisse et elle accrocha ses jambes autour de ses hanches. Il la porta en l'embrassant à l'intérieur du cottage et la jeta sur le lit sans ménagement.

Maureen n'arrivait pas à s'endormir. Malgré elle, elle tendait l'oreille et guettait le moindre bruit de porte et le retour d'Ayden. Elle était contrariée et ne savait pas pourquoi. L'irruption de cette femme avait gâché la soirée mais après tout, il était normal que le jeune homme ait une petite amie. Cependant, cette Sybil était à l'opposé de ce qu'elle avait découvert de lui depuis qu'elle était arrivée. Il était plutôt solitaire et peu expansif mais quand il était en confiance, il se montrait d'agréable compagnie. Quand un sujet le passionnait, il devenait intarissable et s'enflammait. Il aimait la nature et les choses simples. Bref, tout le contraire de cette poupée blonde sophistiquée qui le traitait avec irrévérence. Elle finit par s'endormir vers quatre heures du matin, toujours d'humeur chagrine et sans avoir entendu Ayden rentrer.

Ayden se réveilla seul dans son lit. Sybil était partie après leur partie de jambes en l'air comme à l'accoutumée. C'était leur *deal*. Ils ne passaient jamais une nuit entière ensemble et cela lui convenait parfaitement. Dès son réveil, il ne pût s'empêcher de penser à Maureen. Il avait vu l'expression de son visage quand il était parti avec la blonde incendiaire. Un mélange de surprise et d'incompréhension. Et cela le gênait. Il se sentait mal à l'aise d'avoir passé la soirée et une partie de la nuit avec Sybil. Et lorsqu'il avait cédé à ses avances, c'était pour tenter de dissiper ce malaise. Il fallait qu'il pense à autre chose. Malheureusement, même pendant ses ébats, c'était le visage la jeune femme à la chevelure de feu qui dansait devant ses yeux. Il n'arrivait pas à sortir Maureen de ses pensées et il ne savait pas s'il devait s'en irriter ou s'en réjouir. Il avait besoin d'un café de toute urgence. Il s'habilla rapidement et parcourut à pied la distance qui séparait son cottage de Loughinch House. L'air frais lui fit du bien mais un mal de crâne persistant le mit de méchante humeur. Il se dirigea vers la cuisine où il trouva Lochlan et Molly en train de discuter.

— Maureen dort encore ? interrogea Ayden d'un ton qui se voulait détaché.

— Bonjour à toi aussi ! répliqua Lochlan en fronçant les sourcils, irrité par l'impolitesse du jeune homme.

— Désolé. Bonjour grand-père, bonjour Molly. Alors ?

— Maureen est partie faire une balade à cheval, répondit sèchement Lochlan dont l'attitude de son petit-fils lui déplaisait fortement.

Ayden avala un bol de café à toute vitesse et sortit sans un mot. Il monta se changer et quelques instants plus tard, Lochlan entendit Pooka qui filait au galop. Ayden ne pensait qu'à retrouver Maureen. Il ne savait pas ce qu'il allait lui dire mais il fallait qu'il la voie. Il trouva la jeune femme en haut de la colline qu'ils avaient gravie la veille en faisant la course à cheval. Dana la jolie alezane broutait tranquillement, tandis que Maureen, assise dans l'herbe, était en train d'écrire dans un petit carnet. En entendant Pooka arriver, elle ferma son carnet et le rangea dans sa poche mais ne tourna pas la tête en direction du jeune homme et fixa l'horizon. Ayden descendit de sa monture, lui flatta l'encolure et contempla la jeune femme. Les rayons du soleil jouaient dans sa chevelure rousse, illuminant d'un halo de feu sa crinière aux reflets chatoyants. Il retint une envie fébrile de passer la main dans ses cheveux et de faire glisser les boucles soyeuses entre ses doigts. Il s'approcha d'elle et demanda d'un ton qui se voulait léger :

— Je peux m'asseoir ?

Elle acquiesça d'un signe de tête.

— Qu'est-ce que tu écrivais ?

— Rien de spécial. Des idées, des impressions, des choses qui me passent par la tête. Rien d'important, éluda-t-elle.

Un silence pesant s'installa. Ayden sentait la jeune femme sur la réserve et tenta de relancer la conversation :

— Tu es bien matinale.

— Non, c'est toi qui ne l'es pas. Ta soirée s'est bien passé on dirait, dit-elle, plus sarcastique qu'elle ne l'aurait voulu.

— Pas spécialement. Je n'aime pas aller dans ce type de soirée.

— Pourtant tu n'es pas rentré de la nuit, ça ne devait pas être si mal que ça.

— Comment sais-tu que je ne suis pas rentré, tu as attendu mon retour ? s'enquit-il, intrigué.

— Non, je n'arrivais pas à dormir c'est tout, se défendit-elle.

— J'ai dormi au cottage. Je le fais quand je rentre tard pour ne pas réveiller Lochlan. Il a le sommeil léger.

Maureen ne répondit pas. Ayden l'observa à la dérobée en silence. Elle avait l'air contrarié mais il ne savait pas exactement pourquoi même s'il se doutait que cela avait un rapport avec la soirée de la veille.

— Tu connais Sybil depuis longtemps ? demanda-t-elle brusquement du tac au tac.

— On était à l'université ensemble.

— Qu'est-ce que tu fais là ? Tu devrais être avec elle.

— J'aime faire une promenade à cheval le matin.

— Pourquoi tu ne te balades pas avec elle ?

— Sybil n'est pas du genre, je cite, « à poser ses fesses sur un quadrupède sale et imprévisible qui sent le crottin ».

Maureen se pinça les lèvres pour réprimer un sourire.

— J'imagine que vous avez d'autres centres d'intérêt communs.

— Je ne fréquente pas Sybil pour sa conversation, si tu vois ce que je veux dire, ironisa-t-il en la couvant d'un regard taquin.

— Oh je vois, fit-elle en rougissant légèrement.

Il sourit en voyant les joues de la jeune femme s'empourprer. Il trouvait cette pudeur absolument adorable et rafraîchissante. Maureen ne sembla pas goûter à la plaisanterie et pensant qu'il se moquait d'elle, sentit la colère l'envahir.

— Je ne vois pas ce qu'il y a de drôle. Excuse-moi de ne pas trouver géniale l'idée de fréquenter une femme juste pour coucher avec elle, cracha-t-elle d'un ton amer. Je ne m'attendais pas à ça de ta part.

— Ah ? Et tu t'attendais à quoi ?

— Je ne sais pas, peut-être à un peu plus de l'éthique que tu défends tellement dans la fabrication de ton whiskey par exemple. Mais manifestement une femme ne peut pas rivaliser avec ton précieux breuvage. En même temps à quoi pouvais-je m'attendre en ce qui concerne ta relation avec les femmes alors que tu m'as pris en grippe avant même de me connaître simplement parce que je te privais de ton précieux héritage ?

— C'est toi qui me parles d'éthique ? Tu veux me faire la morale sur ma façon de vivre et de traiter les gens ? De la part de quelqu'un qui n'a même pas daigné répondre aux lettres de sa grand-mère pendant des années mais qui saute dans le premier avion quand il s'agit justement de percevoir son héritage, je trouve cela un peu gonflé ! rétorqua-t-il, furibond.

Outrée, Maureen le gifla de toutes ses forces, remonta à cheval précipitamment et partit au galop vers la maison. Ayden la regarda s'éloigner en se frottant la joue. Elle ne l'avait pas raté. Quel caractère ! Bon d'accord, il ne l'avait pas volé. Il était allé trop loin dans ses propos qu'il ne pensait d'ailleurs pas. Mais elle l'avait provoqué et mis hors de lui. Quelle mouche l'avait donc piquée ? Elle qui était toujours avenante et de bonne humeur, elle s'était transformée en furie. Mais quelle jolie furie ! Ne put-il s'empêcher de penser. Même hors d'elle, avec ses magnifiques yeux verts qui lançaient des éclairs, elle resplendissait. La colère de Ayden retomba aussi vite qu'elle était venue. Décidément, Maureen avait le don de provoquer en lui des émotions aussi vives que contradictoires. Une chose était sûre, elle ne le laissait pas indifférent et il détestait l'idée qu'elle le pense intéressé par l'argent ou suffisamment abject pour profiter d'une femme uniquement pour assouvir ses bas instincts. Ils devaient avoir une explication. Il remonta sur Pooka et fonça vers le manoir.

Il mena son cheval à l'écurie et trouva Maureen finissant de desseller Dana. Leurs regards se croisèrent et il ne vit pas seulement de la colère dans ses prunelles. Il y aperçut de la déception et un reproche muet. Le sentiment de l'avoir déçue ou blessée lui était insupportable.

— Maureen, je suis désolé, s'excusa-t-il en se passant une main dans les cheveux d'un air gêné. Je ne pensais pas ce que je t'ai dit. Je t'assure.

Voyant qu'elle ne répondait pas, il poursuivit :

— Tu penses vraiment que je t'en veux parce que tu as hérité du domaine ? Que c'est l'argent qui m'intéresse ? Il soupira tristement. Je reconnais que j'étais en colère à la lecture du testament. Mais j'étais déjà en colère parce que je souffrais du décès de Nora et que je ne comprenais pas pourquoi elle et grand-père m'avaient caché ton existence. Le testament a été la goutte d'eau qui m'a fait exploser, c'est vrai, reconnut-il. C'est pour ça que je me suis montré hostile envers toi et je le regrette. Mais ce n'est pas la valeur financière du domaine qui m'intéresse, c'est sa valeur sentimentale. C'est le seul endroit où je me sente vraiment chez moi. C'est la maison dans laquelle ma famille a été réunie et heureuse avant le décès de mes parents. Alors l'idée que quelqu'un d'autre en hérite et envisage ensuite de la vendre m'a été insupportable. Je ne savais pas qui tu étais et quelles étaient tes intentions.

Maureen l'écoutait attentivement et sa colère retomba en fur et à mesure qu'elle l'écoutait se mettre à nu.

— Et maintenant tu sais qui je suis ? demanda-t-elle, circonspecte.

Il l'enveloppa d'un regard confiant et chaleureux.

— J'en sais suffisamment pour savoir que tu n'es pas intéressée par l'argent et que tu aimes déjà la maison et les terres du domaine. Je ne connais pas tes intentions précises mais je pense que tu agiras pour le mieux afin qu'ils restent dans la famille. Je me trompe ?

— Non. Jamais je ne te déposséderai de chez toi. Mais je ne sais pas encore quoi faire exactement, avoua-t-elle.

— Tu trouveras, j'en suis sûr, la rassura-t-il, confiant.

Elle leva les yeux sur lui et retrouva ce beau regard tendre et envoûtant qu'elle lui voyait souvent lorsqu'il la regardait.

— Alors tu as entendu ma conversation avec Lochlan à propos des lettres de Nora ?

— Pas totalement. J'étais sous la fenêtre de la bibliothèque qui était entrouverte. Je suis parti avant la fin car Shelby commençait à s'agiter et j'avais peur que vous ne l'entendiez, avoua-t-il.

— Si tu étais resté, tu aurais su que si je n'ai pas répondu à ces lettres, ce n'est pas par volonté d'ignorer Nora. C'est parce que je ne les ai jamais reçues. J'ignorais tout de leur existence avant que Lochlan ne m'en parle. Tout comme je pensais que Nora était décédée avant ma naissance.

Ayden était troublé par les révélations de Maureen. Pourquoi tant de secrets et de non-dits dans cette famille ? Il fallait y mettre un terme.

— Maureen, je ne sais pas pourquoi notre famille a agi de la sorte mais je ne veux plus de mensonges. Je veux que la lumière soit faite sur tout ça. On devrait avoir une discussion une bonne fois pour toute avec grand-père, tu ne crois pas ?

Maureen approuva de la tête.

— Alors, on fait la paix ? proposa Ayden d'un air sincère et plein d'espoir en lui tendant la main.

— Oui on fait la paix ! répondit-elle avec un sourire radieux en lui serrant la main.

— Une dernière chose. Ma relation avec Sybil...

— Ne me regarde absolument pas, le coupa Maureen. Je suis désolée d'avoir émis un jugement. Si tu es heureux comme ça, c'est le principal, assura-t-elle.

6. Nora

Les deux jeunes gens terminèrent de desseller et de panser leurs chevaux puis se rendirent dans leurs chambres respectives pour se changer. Une demi-heure plus tard, ils se retrouvèrent dans le hall, bien décidés à avoir toutes les réponses à leurs questions.

Lochlan répondait à du courrier dans son bureau quand il vit entrer Maureen et Ayden, épaule contre épaule, la même détermination dans le regard. Il comprit immédiatement que cette fois, il n'allait pas y couper et que la conversation qu'il avait repoussé ces derniers jours allait avoir lieu. Lochlan les prit de court en les invitant à aller dans le petit salon.

— Nous serons mieux pour parler, dit-il en s'asseyant dans un fauteuil.

Ayden et Maureen s'installèrent sur le canapé face à lui, ligués dans la même attente. Lochlan les regarda un moment en silence. Ils étaient l'opposé l'un de l'autre tant physiquement que dans leur personnalité, et pourtant ils s'entendaient bien et avaient déjà tissé un lien profond dont eux-mêmes n'avaient sans doute pas encore conscience. Malgré leurs différences, ils avaient en commun leur intégrité, leur loyauté, l'amour de la nature et de la terre et leur grand-mère Nora, qui avait rendu possible leur rencontre. Lochlan avait assisté à l'évolution de leur relation. Ils s'étaient apprivoisés l'un l'autre – enfin c'était surtout Maureen qui avait réussi à amadouer Ayden – et il était heureux qu'elle ait accepté de rester au manoir.

— Bien je vous écoute. Que voulez-vous savoir ?

Maureen se lança la première, à la fois anxieuse et impatiente :

— Est-ce que vous savez pourquoi ma mère m'a toujours dit que Nora était décédée avant ma naissance ? Que s'est-il passé entre elles ?

— Je vais reprendre depuis le début si tu veux bien, commença Lochlan. Nora a été envoyée en France par son père Sean Murphy pour épouser Monsieur Le Guen, ton grand-père, qui avait dix-sept ans de plus qu'elle. Elle avait à peine dix-huit ans à l'époque. Ce n'était pas un mariage d'amour mais disons plutôt un arrangement commercial, entre autres. Nora était encore mineure et ne pouvait rien contre la volonté de son père. Le mariage n'a pas été heureux. Nora n'aimait pas son époux qui était un homme austère et rigide. Presque trois ans après le mariage, alors qu'elle ne l'espérait plus, Nora a mis au monde Erin, ta maman. Ce fût un vrai bonheur pour elle, et contre toute attente, ce le fût aussi pour Charles Le Guen. Il s'est transformé à l'arrivée de sa fille. Il n'a pas été un bon mari, mais il a été un bon père d'après ce que m'a dit Nora. Erin a été heureuse même si ses parents ne s'aimaient pas. Ils ont donné toute leur affection à leur fille qui n'a donc pas souffert de la situation. Enfant, elle ne s'est sans doute même pas aperçue que quelque chose n'allait pas entre eux. En grandissant, elle a commencé à se rendre compte du manque d'affection entre ses parents et des tensions dans leur couple et elle en a attribué la faute à Nora car Erin idolâtrait son père. Elle reprochait à Nora de ne pas être assez aimante et petit à petit, elle s'est éloignée d'elle. Son père n'a rien fait pour lui expliquer les choses, bien au contraire, il s'est toujours fait passer pour une victime aux yeux d'Erin et rejetait la responsabilité sur les épaules de Nora.

Il pouvait ainsi assouvir une sorte de vengeance envers Nora qui, contrainte de l'épouser, n'avait jamais consenti à lui donner son affection. Nora souffrait de la relation quasi-exclusive entre Erin et son père qui la laissait de côté. Elle avait souvent songé à partir, mais elle n'en avait pas les moyens et ne savait pas où aller car elle avait coupé les ponts avec son père qui l'avait obligée à se marier contre son gré à un inconnu en l'envoyant dans un pays étranger. Mais le vieux Murphy est tombé très malade et dans son agonie, il a écrit une lettre à Nora dans laquelle il lui demandait pardon de ce qu'il avait fait et émettait le vœu de la revoir une dernière fois. Nora s'est donc rendue en Irlande et a pardonné à son père juste avant sa mort. Quelques jours plus tard, elle apprenait qu'il lui léguait Loughinch House ainsi que toute sa fortune. C'est ce qui a permis à Nora par la suite de quitter ton grand-père et de revenir vivre en Irlande. Malheureusement, Erin a très mal pris son départ, elle s'est sentie abandonnée. Nora n'a jamais coupé les ponts avec Erin. Elle l'appelait mais Erin ne répondait pas au téléphone. Nora s'est donc mise à écrire à sa fille. Elle lui écrivait toutes les semaines mais les lettres sont restées sans réponse. Au fil du temps, les courriers se sont espacés puis Nora a renoncé à écrire. Erin l'avait tout simplement effacée de sa vie. Elle en a énormément souffert même si elle ne le montrait pas. Voilà, j'imagine que c'est parce que ta mère en voulait énormément à Nora d'être partie qu'elle l'a considérée comme morte et qu'elle t'a dit qu'elle l'était.

Maureen était bouleversée et déconcertée par l'attitude de sa mère. Elle pouvait comprendre qu'elle se soit sentie abandonnée, mais de là à prétendre sa propre mère décédée et à la priver de sa grand-mère du même coup, c'était incompréhensible.

— Pourquoi Nora ne lui a pas expliqué ce qui c'était passé ? Qu'elle avait été mariée de force ? Maman aurait compris ! s'insurgea-t-elle.

— Je ne sais pas exactement, répondit Lochlan. La seule chose qu'elle m'a dite, c'est qu'elle ne voulait pas ternir l'image qu'Erin avait de son père.

Lochlan eut un moment d'hésitation puis continua d'une voix basse qui dissimulait mal la colère qu'il ressentait.

— Si elle lui avait dit toute la vérité, elle aurait aussi dû lui dire que son père avait été un homme violent et que cela faisait partie des raisons pour lesquelles elle n'avait jamais pu s'attacher à lui. Mais c'était trop difficile pour elle, alors elle a préféré se taire.

Maureen était stupéfaite et écœurée par ce que venait de lui révéler Lochlan. Elle se mit à trembler sous le coup de l'émotion et ne se calma qu'en sentant la main chaude et rassurante de Ayden recouvrir la sienne.

Lochlan poursuivait, toujours en proie à une colère sourde :

— Je crois aussi que Nora pensait qu'Erin ne la croirait pas si elle lui disait toute la vérité. Elle redoutait que sa fille ne l'accuse de mensonge et ne se mette à la haïr, ce qui est malheureusement arrivé de toute façon, conclut-il tristement.

Maureen resta sans voix, comme hébétée par ce qu'elle venait d'apprendre. Elle serrait sans s'en rendre compte la main d'Ayden, lui aussi sous le choc de ces révélations. Il intervint à son tour :

— Et pourquoi m'avoir caché l'existence d'Erin et de Maureen ? Nora et toi ne m'avez jamais parlé d'elles.

— Quand tu étais enfant, tu venais à la maison en vacances. Tu étais trop jeune pour comprendre et Nora et moi voulions profiter pleinement de ta présence qui nous procurait beaucoup de joie. Nora écrivait toujours à Erin dans l'espoir d'une réponse. Elle t'aurait parlé de sa famille française si Erin lui avait répondu. Mais à quoi bon te parler de personnes que tu ne verrais jamais ? Et au décès de tes parents, tu es devenu notre préoccupation principale et ce n'était pas le moment de te perturber davantage avec ça.

— Je comprends, fit Ayden la mine sombre. Mais ensuite ? Je suis devenu adulte, vous auriez pu m'en parler.

— Peut-être, soupira Lochlan. Mais Nora avait commencé à écrire à Maureen et ses lettres restaient aussi sans réponse. L'histoire se répétait. C'était trop douloureux pour elle.

Il se tourna vers Maureen et ajouta :

— Nora était profondément attristée que tu ne lui répondes pas comme je te l'ai déjà dit. Mais nous savons maintenant que c'était parce que tu n'avais jamais reçu ses lettres. Malgré cela, Nora te regardait grandir de loin.

— Comment ça ? s'étonna Maureen, déconcertée.

— Attendez-moi un moment, répondit Lochlan en se dirigeant vers son bureau. Il revint quelques instants après avec une sorte d'album qu'il tendit à Maureen.

— Prends-le, il est à toi.

La jeune femme ouvrit l'album et découvrit au fur et à mesure qu'elle tournait les pages des photos d'elle enfant prises de loin. Il y avait une photo d'elle à l'école primaire quand elle chantait dans la chorale lors de la kermesse, une autre prise à Sarzic lorsqu'adolescente elle participait à une petite régate avec l'école de voile, d'autres encore lors de ses compétitions d'équitation. Il y avait aussi des articles parus dans le journal local de Sarzic qui relataient l'atelier de lecture qu'elle animait ou un autre qui détaillait l'équipe de l'office du tourisme dont elle faisait partie. Le moindre article de journal où son nom apparaissait avait été découpé et soigneusement rangé et daté. Maureen était bouleversée. Toute son enfance s'étalait en images devant ses yeux. Malgré la distance et l'absence de réponse à ses lettres, Nora n'avait pas renoncé à sa petite-fille et avait cherché à la connaître sans jamais se faire voir.

— Nora se tenait au courant de ce qui se passait à Sarzic et se rendait en France régulièrement pour te voir sans que tu le saches, expliqua Lochlan.

— Mais pourquoi n'a-t-elle jamais cherché à m'approcher, à me parler ?

— Elle voulait respecter ce qu'elle pensait être ton choix et celui de ta mère de ne pas avoir de relation avec elle. Elle ne voulait pas s'imposer.

Lochlan soupira en se replongeant dans ses souvenirs.

— Mais elle t'a parlé une fois.

— Quoi ? Quand ? s'exclama Maureen, bouleversée.

— Tu devais avoir vingt ou vingt et un ans. Tu étais installée sur un banc à contempler la mer et Nora s'est assise à côté de toi. Vous avez échangé quelques mots et tu as partagé avec elle les palets bretons que tu avais apportés pour ton déjeuner.

Maureen fouilla dans sa mémoire pour essayer de se souvenir de cette rencontre. Soudain son visage s'éclaira. Elle revit cette dame âgée aux beaux cheveux blancs qui lui avait demandé si elle pouvait s'asseoir à côté d'elle. D'ordinaire, la jeune femme n'aimait pas être dérangée lorsqu'elle se ressourçait ainsi au bord de l'eau mais, étrangement, la présence de cette femme ne l'avait pas gênée. Bien au contraire, elles avaient engagé la conversation et échangé sur la sérénité et la paix qu'elles éprouvaient toutes deux en cet instant, à cet endroit. Nora lui avait confié que ce petit coin de Bretagne ressemblait énormément à l'Irlande dont elle était originaire et Maureen lui avait avoué qu'elle rêvait d'aller sur l'île d'émeraude. Nora s'était tournée vers elle et lui avait dit qu'elle espérait de tout cœur qu'un jour elle puisse réaliser son rêve. Puis elle avait brusquement pris congé. Maureen l'avait suivie des yeux et avait ressenti une émotion particulière en écho à celle qu'elle avait devinée chez la vieille dame.

— Pourquoi est-ce qu'elle ne m'a pas dit qui elle était ?

— Elle ne voulait pas te bouleverser. Mais c'est à cette occasion qu'elle est allée voir ta mère et ça s'est mal passé entre elles. Erin a dit qu'elle ne voulait pas la voir, qu'elle ne faisait plus partie de votre vie. Elle lui a formellement interdit de rentrer en contact avec toi, pour ne pas te perturber disait-elle, car Nora n'existait pas pour toi. C'est là qu'elle a compris qu'Erin t'avait dit qu'elle était morte.

Maureen était à la fois choquée, émue et terriblement attristée par ce que Lochlan venait de lui révéler. Quel gâchis ! Elle ne comprenait pas l'attitude de sa mère qu'elle avait aimée tendrement. Erin avait élevé sa fille seule car le père de Maureen était parti dès qu'il avait appris qu'Erin était enceinte. Cela avait été difficile pour elle mais la mère et la fille s'étaient construit un petit monde toutes les deux et leur relation avait été fusionnelle. Maureen avait eu une enfance heureuse mais elle ne pouvait s'empêcher de se dire qu'elle aurait aimé avoir une grand-mère à qui parler car Erin n'était pas toujours disponible pour sa fille.

Ayden s'inquiéta du silence de la jeune femme plongée dans ses pensées.

— Ça va aller Maureen ? demanda-t-il doucement.

Maureen sursauta et essuya une larme sur sa joue.

— Oui, oui. Je trouve ça tellement triste tout ce temps perdu et cette rancœur. Mais je suis soulagée de connaître enfin la vérité. J'aurais tellement aimé connaître Nora, murmura-t-elle profondément peinée.

— Même si elle ne faisait pas partie de ta vie, tu faisais partie de la sienne. C'est pour ça qu'elle t'a légué Loughinch House et le domaine. Elle voulait qu'il te reste quelque chose d'elle, ajouta Lochlan. Puis s'adressant à son petit-fils :

— Nora n'a pas voulu te priver de ta maison, mais elle a pensé que Maureen comprendrait ainsi à quel point elle comptait pour elle. C'était aussi un moyen de l'obliger à venir en Irlande.

— Je comprends mieux maintenant, fit le jeune homme compréhensif.

— Voilà, vous savez tout à présent les enfants. Si vous avez d'autres questions, j'y répondrai du mieux que je peux.
— Merci Lochlan, dit Maureen en se levant. Je crois que je vais aller marcher un peu.
Ayden se leva à son tour, prêt à l'accompagner mais Maureen l'arrêta d'un geste en levant sur lui des yeux humides :
— J'ai besoin d'être un peu seule.
Le jeune homme la regarda sortir de la pièce en silence. Il ne supportait pas de la voir dans cet état, il aurait tellement voulu être là pour elle.
Lochlan posa une main sur l'épaule de son petit-fils.
— Laisse-la. Elle a besoin d'un peu de temps. Je sais qu'elle pourra compter sur toi quand elle sera prête, je me trompe ? demanda Lochlan perspicace.
— Non, tu ne te trompes pas.
— Et toi, ça va ?
— Ça va aller. Il va me falloir un peu de temps à moi aussi.
— Nora t'aimait profondément, tu sais. Mais elle voulait que Maureen connaisse la part irlandaise de son histoire et elle a pensé que lui confier le domaine serait un bon moyen d'y parvenir. Elle voulait aussi que les deux personnes qu'elle aimait le plus au monde se rencontrent. Que toi et Maureen fassiez connaissance. Vous avez été privés de famille tous les deux, elle voulait vous en redonnez une.

Le lendemain, Ayden et Lochlan étaient tranquillement installés à la table du petit-déjeuner, lorsqu'ils entendirent une exclamation venant de l'étage qui leur fit lever la tête de surprise.
— Je le savais ! s'écriait Maureen dans sa chambre.
Elle sauta du lit et ne prit même pas la peine de se chausser tant elle était excitée par la découverte qu'elle venait de faire. Elle sortit en trombe de la chambre en emportant son ordinateur et la lettre de Nora.

— Je le savais ! répéta la jeune femme en se ruant dans l'escalier.

Quelques secondes plus tard, les deux hommes la virent débouler dans la cuisine, pieds nus, vêtue d'un long tee-shirt qui lui arrivait à mi-cuisses et dénudait l'une de ses épaules.

— Je le savais ! J'en étais sûre ! La lettre de Nora ! Ce n'est pas une lettre ! s'exclama-t-elle surexcitée. Vous comprenez ?

— Je comprends surtout que vous n'avez pas eu le temps de vous habiller, Maureen, intervint Molly d'un air faussement réprobateur.

Réalisant soudain qu'elle était en petite tenue, Maureen rougit jusqu'aux oreilles et bredouilla :

— Euh. Désolée. J'étais tellement pressée de vous montrer. Enfin, je euh... Je reviens tout de suite ! lança-t-elle en faisant demi-tour.

Elle remonta les escaliers à toute allure sous les yeux amusés de Lochlan et brûlants de Ayden. Elle revint quelques minutes plus tard après avoir passé à la hâte un jean et des sandales.

— Maintenant que vous êtes décente, pouvez-vous nous expliquer de quoi vous vouliez nous parler ? s'enquit Lochlan, d'un ton gentiment moqueur.

Ayden quant à lui ne pouvait s'empêcher de penser à la tornade rousse qu'il avait vu débarquer dans la cuisine quelques minutes plus tôt. Il ne pouvait nier le trouble qui s'était emparé de lui à la vue de sa silhouette souple et longiligne, de ses jambes fines qui s'échappaient du tee-shirt, de la ligne gracieuse de son cou et de la rondeur de son épaule dénudée.

— Ayden, tu m'écoutes ? demanda Maureen d'un ton agacé et impatient à la fois.

— Euh, oui, oui. Tu disais ?

Maureen leva les yeux au ciel et reprit :

— Je disais que la lettre que Nora nous a laissé n'est pas une lettre, enfin pas seulement.

— Qu'est-ce que tu veux dire ? interrogea Ayden en fronçant les sourcils.
— C'est un jeu de piste ! s'exclama Maureen triomphalement.
— Pardon ? Un quoi ?
— Un jeu de piste. Une énigme si tu préfères.
— Mais de quoi tu parles ?
— Je vous ai dit que je travaillais aussi à l'office de tourisme de Sarzic ? Eh bien, je fais régulièrement des jeux de piste pour permettre aux touristes de découvrir la région en s'amusant.
— Je ne te suis pas, fit Ayden dérouté.
— Il s'agit d'un texte qui contient des indices qui permettent de trouver un lieu ou un événement. Les personnes doivent mener une enquête pour comprendre ces indices et se rendre aux endroits indiqués. C'est une manière ludique de découvrir l'histoire et les sites à visiter d'une région. Les enfants adorent ça ! conclut-elle.
— Ok je vois. Et tu crois que la lettre de Nora est un jeu de piste ? demanda-t-il d'un ton dubitatif.
— J'en suis sûre ! Depuis le début, je trouvais cette lettre bizarre. Très émouvante bien sûre, mais écrite de façon étrange.
— Regarde, reprit-elle. La première phrase :
« Lochlan, Ayden, Maureen. Je voulais vous exprimer tout mon amour et ma confiance. Je crois en vous. Vous êtes mon cœur, ma sainte Trinité. »
— Franchement, qui parle comme ça ? « Vous êtes ma Sainte Trinité ». J'ai cherché sur Internet « Sainte Trinité » et « Irlande » et j'ai trouvé ça :
« Selon la légende courante, le trèfle aurait été utilisé par Saint Patrick lors de sa mission d'évangélisation de l'Irlande. Le Saint aurait eu l'idée d'utiliser le trèfle à trois feuilles pour représenter le concept de la Sainte Trinité au roi Aengus dans l'objectif de le convertir au christianisme. »

— Nora était croyante ? demanda Maureen en se tournant vers Lochlan.
— Non pas que je sache.
— Ah flûte ! Donc ça ne colle pas. Ce qui est sûr, c'est que c'est lié à l'Irlande. Elle réfléchit à haute voix :
— J'ai fait ma recherche en français car la lettre était écrite en français mais vous parlez anglais.
— Et donc ? demanda Ayden.
— Et donc, si on tape « Trinity » – et non pas « Trinité » – et « Irlande », on obtient....

Elle tapa la requête en même temps qu'elle l'énonçait.
— Le Trinity College à Dublin, lut Ayden sur l'ordinateur par-dessus l'épaule de Maureen. C'est un peu tiré par les cheveux.
— Pas tant que ça...Regarde plus loin dans la lettre. Elle évoque Oscar Wilde qui a étudié... Au Trinity College ! Ce n'est pas un hasard, vous ne croyez pas ? Et qu'est-ce qu'il y a au Trinity College ?

Sans leur laisser le temps de répondre, elle poursuivit d'une voix euphorique :
— La plus grande et la plus vieille bibliothèque d'Irlande ! Elle possède un fonds ancien, en particulier de manuscrits médiévaux, où a été recueillie toute l'ancienne littérature irlandaise. C'est une merveille ! Le paradis des bibliothécaires ! J'ai toujours rêvé de la visiter !
— D'accord, donc Nora te donne l'adresse d'une bibliothèque. Et c'est tout ?

Maureen lui lança un regard noir.
— Non ce n'est pas tout, monsieur le sceptique ! Elle dit ensuite : « *Je vous laisse en héritage la terre d'Erin* ». Erin, c'est le prénom de ma mère, dit-elle avec émotion. Elle évoque Loughinch House et le domaine. L'héritage de ma mère, le nôtre.

— Pas seulement, intervint Ayden qui commençait à se prendre au jeu. *Erin* ou *Eriu* est le nom d'une déesse souveraine de l'Irlande dans la mythologie celtique. C'est aussi le nom ancien de l'Irlande, qui a donné Eire, le nom de l'Irlande en irlandais. *Ireland* en anglais est la contraction d'*Ériu* et de l'anglais *land* (terre).

— Donc Nora nous demande à tous les deux de prendre soin du domaine, et nous laisse aussi en héritage son pays, résuma-t-elle d'une voix tremblante.

Les regards de Maureen et d'Ayden se croisèrent, troublés par l'émotion.

— Qu'est-ce que tu crois qu'elle attend de nous ? demanda le jeune homme.

— Je ne sais pas exactement. Je ne vois pas le rapport avec le Trinity College.

— Il faut peut-être lire la suite. Fait voir, dit Ayden en lui prenant la lettre des mains.

« *Je sais que vous me retrouverez un jour sur la route du ciel en suivant les pas des celtes dans leur royaume »*, lut-il à haute voix.

— C'est assez déprimant de nous dire que nous allons la retrouver quand on mourra, commenta Maureen.

— Je ne crois pas que ce soit ce qu'elle ait voulu dire. Tu as raison, il doit y avoir un sens caché. Il faut trouver un lieu, c'est bien ça ?

Maureen approuva de la tête. Il réfléchit un instant puis s'écria :

— Ça y est ! J'ai trouvé ! Tout à l'heure tu as traduit le français pour trouver le Trinity College. Et bien la route du ciel, en anglais, c'est la Sky Road !

— Oui, et ?

— Et je te laisse chercher sur Internet. À toi l'honneur ! fit-il fièrement en lui tendant le clavier.

Maureen s'exécuta et lut la première réponse :

« La Sky Road (la route du ciel en français), est un magnifique circuit routier, situé dans le Connemara dans le comté de Galway. »

— Ah ben ça alors ! s'écria la jeune femme. Bien joué !

— Donc nous avons Le Trinity College à Dublin et la Sky Road dans le Connemara à une heure d'ici environ, récapitula Ayden.

Lochlan regardait sans mot dire les deux jeunes gens avec un regard attendri et un petit sourire aux lèvres. Ils étaient assis côte à côte et unissaient leurs forces pour décrypter la lettre de Nora, comme celle-ci l'avait prévu. La vivacité et l'enthousiasme de Maureen étaient communicatifs et Ayden était entraîné par sa fougue. Il sortait de son mutisme habituel à son contact et une lumière nouvelle éclairait ses pupilles.

— Voyons la suite ! poursuivit Maureen. *« En suivant les pas des Celtes ».* Là je sèche, avoua-t-elle. Tu as une idée Ayden ?

— Les Celtes ont envahi l'Irlande et d'autres pays en Europe vers -500 av J-C. Ils ont imposé leur culture, leur langue, leurs croyances et leur mode de vie en Irlande. Ils étaient organisés en clans et ont fondé ainsi la base de la culture irlandaise jusqu'au XIIe siècle. Même l'arrivée du christianisme au VIe siècle n'a pas vraiment changé les choses. Ensuite les invasions Vikings au VIIIe siècle ont opprimé les Celtes, c'est bien ça grand-père ? Tu me corriges si je me trompe, lança Ayden à Lochlan, qui avait été professeur d'histoire.

— C'est bien ça, je vois que mes cours sur l'histoire de l'Irlande n'ont pas été inutiles, approuva-t-il. Et puis il y a eu ensuite l'oppression anglo-normande. L'Irlande est devenue un royaume en 1542 et le roi d'Angleterre est devenu le roi d'Irlande.

— Waouh ! Eh bien vous êtes calés en histoire tous les deux ! fit Maureen, admirative. Mais ça ne nous aide pas

beaucoup pour notre énigme, conclut-elle avec une moue dubitative.
— Effectivement, répliqua Ayden. Et en traduisant ? Ça donne « *The steps of the Celts* ». On n'est pas plus avancés.
— Si je peux me permettre, intervint Molly qui avait suivi toute la conversation en faisant la vaisselle.
Tous les yeux se braquèrent sur elle, plein d'espoir.
— Ma sœur habite près de Killarney dans le Kerry et il y a un spectacle de musique et de danse irlandaise à demeure là-bas qui s'appelle *Celtic Steps The Show*, elle m'y a emmené l'année dernière, c'était vraiment super !
— Molly tu es un génie ! s'exclama Ayden en recherchant des informations sur Internet.
— C'est loin Killarney ? demanda Maureen.
— Presque trois heures, si je ne me trompe pas, précisa Lochlan. Mais cette ville est aussi l'entrée du parc national de Killarney, une pure merveille avec des paysages à couper le souffle.
— Vous êtes sûrs que c'est bien là ?
— Je crois bien, confirma Ayden. Nora a écrit « *les pas des celtes dans leur royaume* ». Killarney se situe dans le comté du Kerry. Et tu sais quel est le surnom du Kerry ? interrogea-t-il d'un ton mystérieux.
— Le Royaume ! s'écria Molly, ravie.
— Tout-à-fait ! renchérit Lochlan.
— OK ! Donc ça nous fait : le Trinity College de Dublin et sa bibliothèque, La Sky Road et le Connemara, le parc national de Killarney et le spectacle *Celtic Steps* dans le Kerry, résuma Maureen. Ensuite ?
— Ça se complique, murmura Ayden qui se creusait les méninges. Je n'arrive pas à décrypter la suite.
— Ce n'est pas grave, c'est déjà bien. Bon, et qu'est-ce qu'on fait avec tout ça ? demanda Maureen.

Jusque-là resté silencieux, Lochlan intervint avec un sourire malicieux :
— On dirait bien que Nora voulait vous faire visiter l'Irlande, mes enfants.
Maureen et Ayden tournèrent la tête vers lui, bouche bée de stupéfaction.

Abbaye de Kylemore, Connemara, Comté de Galway

7. Le Connemara

Assise dans la voiture aux côtés d'Ayden, Maureen se sentait à la fois excitée et angoissée par le périple dans lequel ils venaient de se lancer. Si Lochlan ne l'avait pas convaincue, elle n'était pas certaine qu'elle aurait accepté. Il avait argumenté en disant que c'était la dernière volonté de Nora et que cela permettrait à Ayden de se changer les idées. Elle avait cédé. Ayden et elle avaient passé les deux jours suivants à organiser leur road trip. Ils avaient décidé ensemble du trajet, des sites à visiter et des réservations de bed and breakfast où passer la nuit. Ils avaient suivi la feuille de route de Nora en rajoutant quelques étapes incontournables, quitte à jouer les touristes. Ils s'étaient mis d'accord pour finir par Dublin de telle façon que Maureen puisse rendre sa voiture de location et prendre l'avion pour rentrer chez elle. Ils repasseraient par Loughinch House afin que la jeune femme dise au revoir à Lochlan avant son départ pour la France. Maureen avait réussi à obtenir des jours de congés supplémentaires et à changer son billet d'avion de retour. Cette fois, c'était parti, elle ne pouvait plus reculer. Elle redoutait de se retrouver seule avec Ayden pendant ce voyage à la découverte de l'Irlande. Même si le jeune homme avait baissé la garde et qu'ils s'étaient rapprochés, ils ne se connaissaient que depuis peu de temps. Après tout, ils n'étaient encore que des étrangers l'un pour l'autre.

Leur première destination n'était qu'à environ une heure de route mais Maureen fut stressée pendant tout le trajet. Même si Ayden était bon conducteur, la N59 qui reliait Galway à Clifden, la capitale du Connemara, fut une véritable épreuve pour la jeune femme. La route était suffisamment grande pour rouler à plus de cent kilomètres heure par endroits, mais pas assez pour se sentir en sécurité. Le fait d'être à la place du passager à gauche de la voiture faisait un drôle d'effet. La notion des distances était complètement faussée et Maureen avait régulièrement l'impression que la voiture allait emboutir les arbres, murets en pierre et autres obstacles se trouvant de son côté de la route. C'était à la fois déstabilisant et angoissant. Régulièrement, elle sursautait et enfonçait ses ongles dans l'accoudoir central tandis qu'elle se cramponnait de l'autre main à la poignée de la portière. Ayden était concentré sur sa conduite et silencieux mais conscient du stress de la jeune femme. Il l'observa du coin de l'œil. Elle était pâle comme un linge.

— Ça va Maureen ? Tu veux que je ralentisse ?

— Euh, je veux bien. Oui, un peu, bredouilla-t-elle. Toutes les routes sont comme ça ?

Le jeune homme ne put s'empêcher de rire.

— Il y en a des bien pires. Si tu as peur ici, attends d'être sur la Sky Road ! la taquina-t-il.

Voyant la jeune femme pâlir encore plus, il décida de s'arrêter pour qu'elle puisse souffler un peu. Il se gara sur le parking qui bordait le lac Glendollagh, à une vingtaine de minutes de Clifden. Ils étaient entrés dans la région des lacs depuis un bon moment, mais Maureen était tellement absorbée par la route qu'elle n'avait pas pris le temps d'admirer le paysage. Elle descendit de voiture et souffla un grand coup. Elle frotta ses mains l'une contre l'autre pour soulager ses articulations mises à rude épreuve tellement elle avait crispé ses doigts. Un peu plus détendue, elle leva les yeux vers le paysage qui s'offrait à son regard. Sa première rencontre avec l'un des nombreux lacs du Connemara fut un choc. Toutes ses tensions s'évanouirent d'un seul coup. L'onde paisible s'étendait, immense et sombre, sans qu'elle puisse en voir les extrémités. Le lac était bordé de douces collines verdoyantes. Au loin, des montagnes plus sombres semblaient monter la garde. Maureen ne se doutait pas qu'elle éprouverait la même quiétude qu'elle ressentait en cet instant à chaque fois qu'elle contemplerait ce paysage à la fois indompté et apaisant.

Inquiet de son silence, Ayden se rapprocha d'elle et demanda :

— Maureen ? Tout va bien ?

— Oui, ça va, merci, répondit la jeune femme, troublée.

Ils reprirent la route quelques instants plus tard et Ayden roula plus lentement. Cette fois, Maureen se laissa hypnotiser par le panorama. Plus ils avançaient, plus la nature se faisait sauvage et les habitations rares. Les montagnes grandissaient à vue d'œil et devenaient de plus en plus impressionnantes. D'énormes blocs de pierres parsemaient la lande comme s'ils étaient tombés du ciel. Ils s'arrêtèrent une nouvelle fois devant le lac Derryclare pour profiter de la vue sur la célèbre *Pines Island* (l'île aux Pins). Le même sentiment de sérénité envahit Maureen. Comment un endroit aussi brut pouvait-il inspirer un tel sentiment de bien-être ? Ils continuèrent leur trajet sur la route sinueuse entre les tourbières. Quelques moutons paissaient tranquillement dans les champs délimités par des murets en pierres. Au détour d'un virage, une maison cossue faisait son apparition, posée là au milieu de nulle part. Soudain, la végétation sauvage et rousse laissa la place à des pelouses vertes bien entretenues. Les maisons se firent plus nombreuses et la civilisation reprit ses droits. Ils arrivaient à Clifden, la porte d'entrée du parc national du Connemara. Au centre de la ville, Ayden quitta la N59 et bifurqua sur Westport Road puis Church Hill pour récupérer la Sky Road en direction de leur hébergement. Maureen constata que le jeune homme n'avait pas menti. À côté de cette route, la N59 était une véritable autoroute ! À présent, deux voitures pouvaient difficilement se croiser. La prudence était donc de rigueur. Sur leur droite, un paysage de montagne de faible altitude les accompagnait. Les maisons, quasiment toutes des bed and breakfast, étaient presque posées à flanc de colline. Sur sa gauche, au loin, Maureen pouvait apercevoir l'océan qui s'engouffrait dans la Baie de Clifden. Leur maison d'hôtes se trouvait à dix minutes du centre-ville et il ne leur restait plus que quelques kilomètres à parcourir. Ce furent pourtant les minutes les plus longues et les plus angoissantes que la jeune femme n'ait jamais endurées. Ils arrivèrent bientôt à un embranchement. À droite, l'Upper Sky Road grimpait vers la montagne. À gauche, la Lower Sky Road longeait et surplombait la mer. Ayden bifurqua à gauche. Désormais, la route se rétrécissait encore plus. Impossible de passer à deux voitures. Des petits espaces sur le côté droit avaient été créés çà et là afin que les voitures puissent se ranger pour permettre à celles d'en face de passer. Du côté de Maureen, des murets en pierre empêchaient toute retraite. En contrebas, l'océan s'étendait à perte de vue. Le paysage était grandiose et saisissant. Il devenait de plus en plus sauvage à mesure qu'ils avançaient sur la péninsule de Kingstone vers l'entrée de la Baie de Clifden. Si c'était encore possible, la route – ou plutôt le chemin – se resserrait encore. Ayden ne roulait plus qu'à dix kilomètres heure. Maureen avait l'impression que la voiture pouvait à tout moment être précipitée dans la mer juste au-dessous d'eux. Plus aucune trace de civilisation n'était visible. Si elle n'avait eu la peur de sa vie, la jeune femme aurait été émerveillée par la beauté abrupte et intacte du lieu. Sur le côté droit de la route, des bruyères en fleurs parsemaient de rose violacé le talus de fougères, tandis que sur sa gauche s'étendait une côte rocheuse et découpée. Petit à petit, ils s'éloignèrent de l'océan et la route traversa des champs plus hospitaliers.

Ayden vit que Maureen recommençait à respirer et la rassura :

— Plus que quelques centaines de mètres et on est arrivés.

Maureen lui adressa un petit sourire reconnaissant. Le jeune homme n'avait pas menti. Quelques instants plus tard, sur sa gauche, un muret délimitait une magnifique pelouse plantée d'arbustes à fleurs qui marquait l'entrée du Rockmount House B&B. Ayden se gara sur le parking et ils descendirent de voiture. La maison blanche de plain-pied tout en longueur était accueillante et constituait un petit havre de paix chaleureux qui contrastait avec la rudesse du paysage. Ils furent accueillis par une jolie chienne de race Colley répondant au nom de Bonnie qui les amena à l'entrée de la maison. Leurs hôtes leur souhaitèrent la bienvenue avec toute la chaleur irlandaise et leur montrèrent leurs chambres situées l'une à côté de l'autre au fond d'un couloir. La décoration dans les tons de beige était sobre et élégante, mais ce qui attirait immédiatement le regard était la grande baie vitrée qui donnait sur le jardin à l'arrière de la maison. Rien n'arrêtait la vue qui se prolongeait sur la lande puis sur les falaises qui surplombaient l'océan.

Après avoir défait leurs sacs de voyage, Maureen et Ayden ne purent résister à l'envie d'emprunter le chemin privé au bout du jardin pour admirer la vue sur la mer. Accompagnés de Bonnie qui ne ratait jamais une occasion d'escorter les visiteurs, ils suivirent le sentier tracé au milieu de la lande jusqu'aux falaises. La vue sur la Baie de Clifden était époustouflante. La falaise escarpée semblait littéralement plonger dans l'eau. En contrebas, la roche sombre de la côte déchiquetée contrastait avec le vert tendre des herbes folles balayées par le vent du promontoire sur lequel ils se trouvaient. Le soleil commençait à décliner et le ciel se teintait de rose orangé. Maureen ne pouvait s'arracher de ce spectacle envoûtant, à cette « beauté sauvage » comme Oscar Wilde décrivait le Connemara. Elle se tenait là, au milieu de nulle part, au cœur d'une nature préservée, dans un silence que seul le léger souffle du vent venait troubler. À cet instant précis, elle sut qu'elle appartenait à cette terre, de la même façon qu'elle appartenait à la terre bretonne. Elle se sentait chez elle, Elle se laissa gagner par l'émotion et ses yeux s'embuèrent de larmes.

Ayden se laissa lui aussi happer par la beauté des lieux. Un sentiment de sérénité qu'il n'avait pas ressenti depuis longtemps l'envahit. Ses vieux démons et la colère sourde avec lesquels il cohabitait depuis de longues années semblaient s'être évanouis. Il vivait un moment de grâce et de répit qu'il ne pensait pas possible de retrouver. Il était là où il devait être. Avec la personne avec laquelle il devait être, songea-t-il. Il détacha son regard de la splendeur du paysage et jeta un coup d'œil sur Maureen. Ses cheveux flottaient dans le vent et le soleil couchant enveloppait de reflets flamboyants ses boucles rousses. Il la trouva particulièrement belle en cet instant. Son regard se perdait loin vers l'horizon. Elle semblait comme hypnotisée par la contemplation et l'instant. Son visage reflétait la même quiétude que lui-même ressentait. Ses yeux humides le bouleversèrent et il dut résister à l'envie de la prendre dans ses bras pour la réconforter. Il aurait voulu lui dire qu'il comprenait et qu'il partageait le même sentiment qu'elle en une communion parfaite. Mais il n'était pas habitué à ressentir et à exprimer ce genre d'émotions. Troublé et gêné à la fois, il se racla la gorge et s'enquit :

— Tu n'as pas faim ? Pour ma part je suis affamé. Si on veut trouver un restaurant, il faudrait y aller, tu ne crois pas ?

Sortant à regret de sa torpeur, Maureen tourna la tête vers lui et acquiesça.

— Tu as raison. J'ai un petit creux moi aussi, avoua-t-elle en souriant. Puis reportant son regard vers l'océan, elle murmura :

— Mais c'est tellement magnifique.
— Oui c'est vraiment magnifique, approuva le jeune homme sans la quitter des yeux.

Ayden gara la voiture dans Market Street. De chaque côté du trottoir, les restaurants, pubs et boutiques aux façades colorées se succédaient dans la rue commerçante de Clifden. Après avoir consulté les menus à l'extérieur des restaurants, ils se décidèrent pour le Lamplight, un bar à vin intime et chaleureux. La salle tout en longueur comptait une petite dizaine de tables. Les murs peints en vert foncé et en blanc, les tables en bois et les fauteuils en velours vert donnaient au lieu une atmosphère à la fois simple et conviviale avec une touche de raffinement. Ayden et Maureen s'installèrent à une table tranquille et consultèrent la carte qui leur mit l'eau à la bouche. Ayden arrêta son choix sur une joue de bœuf irlandais braisée accompagnée d'une purée à l'ail confit et Maureen se laissa tenter par un magret de canard fumé au chêne avec une sauce aux mûres et des pommes de terre croustillantes. Ils prirent deux verres de Montepulciano, un vin rouge italien de la région des Abbruzes, pour accompagner leurs plats. C'était la première fois qu'ils dînaient en tête à tête et Maureen appréhendait un peu ce moment. Les deux jeunes gens buvaient leur verre de vin en silence, s'observant l'un l'autre discrètement, ne sachant quoi dire. Quand Ayden croisa le regard de Maureen, il ne put s'empêcher de sourire. Les prunelles enjouées de la jeune femme s'allumèrent et elle retint un éclat de rire.

— Ça fait bizarre, non ?
— Quoi donc ? demanda Ayden les yeux pétillants.
— De se retrouver là tous les deux dans le Connemara alors qu'on ne se connaissait même pas il y a moins d'une semaine.
— C'est vrai que je ne m'y attendais pas. Tu regrettes ?
— Non. Je suis ravie de pouvoir visiter l'Irlande, et avec un guide local en plus ! le taquina Maureen avec un clin d'œil.

— Je ne sais pas si je serai à la hauteur. Ça fait longtemps que je n'ai pas voyagé, même dans mon propre pays. La dernière fois que j'ai parcouru l'île, c'était avec mes parents, confia-t-il, le regard nostalgique.

— Désolée, je ne voulais pas te rappeler de mauvais souvenirs.

— Non, au contraire. Ce périple va me permettre de me remémorer les bons moments passés avec eux. Je crois que c'est vraiment une bonne idée en fin de compte. Et je suis content de vivre ça avec toi. Mais si tu pouvais éviter d'enfoncer tes ongles dans mon bras à chaque virage, ce serait sympa ! dit-il avec un sourire moqueur.

— Oh, je fais ça ? Je suis désolée, répondit Maureen faussement navrée en riant.

— Ne t'inquiète pas. Ça m'empêche de m'endormir au volant, ça c'est sûr !

Leurs regards se croisèrent, étincelants de malice. L'atmosphère s'était détendue et ils conversèrent agréablement pendant le repas qui se révéla succulent. Ils se racontèrent leur enfance et leurs rapports avec leurs parents. Ils partagèrent leur attrait commun pour les chevaux et la nature en général. Ils s'étaient découvert le même besoin de solitude. Si Ayden s'y était réfugié par tristesse, Maureen, elle, y trouvait un moyen de se ressourcer. Et c'était en pleine nature et particulièrement en bord de mer qu'ils aimaient se réfugier l'un comme l'autre.

— Parle-moi de Nora, demanda soudain Maureen.

Le jeune homme resta un instant silencieux, plongé dans ses souvenirs puis se lança :

— Nora était une femme extraordinaire. Toujours de bonne humeur, toujours le sourire aux lèvres. Tout le monde l'aimait. Elle savait mettre les gens à l'aise. Elle avait le contact facile. Comme toi, dit-il en plongeant dans les yeux de Maureen. Vous vous ressemblez beaucoup sur ce point.

La jeune femme rosit de plaisir sous le compliment, ravie d'avoir ce point commun avec sa grand-mère.

— Elle était aussi très cultivée. Elle adorait les livres. Tu as bien vu sa bibliothèque. C'était son royaume. Je passais mes vacances au manoir quand j'étais enfant. Tous les soirs, on s'installait dans la bibliothèque avec Lochlan et Nora, et elle nous lisait quelques chapitres d'un livre. J'adorais ces moments, confia-t-il nostalgique.

— On dirait que Nora et moi avons encore quelque chose en commun avec la passion des livres.

— C'est vrai. Plus je te connais et plus je vois des ressemblances entre vous deux et les mêmes centres d'intérêt.

Ayden dévisagea un moment la jeune femme puis murmura d'une voix basse :

— Tu as les mêmes yeux qu'elle. La couleur est différente. Les siens étaient bleu clair, mais vous avez la même lueur dans le regard, avenante et scintillante à la fois. Et tu as les mêmes magnifiques cheveux flamboyants qu'elle avait étant jeune, souligna-t-il en l'enveloppant d'un regard de braise.

Troublée par les mots du jeune homme, Maureen resta silencieuse, ne pouvant détacher ses yeux de ceux d'Ayden. La serveuse mit fin à cet instant suspendu en apportant la carte des desserts. Ils firent leur choix et Maureen relança la conversation, encore un peu troublée.

— Lochlan m'a dit que Nora enseignait le français à l'université de Galway et lui l'histoire. C'est là qu'ils se sont rencontrés ?

— Non, ils se connaissent depuis leur enfance.

Devant l'air surpris de Maureen, Ayden demanda :

— Lochlan ne te l'a pas dit ? Son père était jardinier à Loughinch House. Il a été au service de Sean Murphy, le père de Nora, pendant plus de vingt ans. La mère de Nora est morte en couches et c'est la mère de Lochlan lui a servi de nourrice. Nora et Lochlan ont grandi ensemble. Nora passait plus de temps au cottage des parents de Lochlan qu'au manoir. C'était beaucoup plus gai car Murphy ne s'est pas remis du décès de sa femme et quelque part, il rendait Nora responsable de sa mort. L'ambiance au manoir était donc froide et tendue. Avoir Nora sous les yeux lui rappelait sans cesse le décès de sa chère épouse donc j'imagine que c'était plus facile pour lui que Nora passe le plus clair de son temps chez les O'Neil. Voyant que Nora s'épanouissait et avait trouvé un compagnon de jeu en la personne de Lochlan, Murphy accepta qu'il bénéficie de la même instruction que sa fille. Nora et Lochlan avait donc un précepteur qui leur donnait des cours. Leur amitié a grandi avec eux. Ils passaient tout leur temps ensemble, ils étaient amis et confidents jusqu'à ce que leur relation se transforme. À l'adolescence, leur amitié s'est transformée en amour et c'est là que les choses se sont envenimées. Un jour, le père de Nora les a surpris en train de s'embrasser. Il est entré dans une colère noire, a enfermé Nora dans sa chambre pendant une semaine sans la laisser sortir. Il a renvoyé Lochlan et ses parents sur-le-champ. Un mois plus tard, Nora était envoyée en France pour épouser Charles Le Guen, ton grand-père.

Maureen était abasourdie par ce que venait de lui révéler Ayden. Ainsi Nora et Lochlan avaient toujours été amoureux l'un de l'autre. Et c'était à cause de cette relation que Nora avait été envoyée en France, mais aussi pour cette raison qu'elle était revenue en Irlande dès qu'elle l'avait pu. Maureen se remémora ses conversations avec Lochlan, et toutes les informations concernant sa mère et sa grand-mère tournaient dans sa tête. Petit à petit, elle assemblait les pièces du puzzle. Son histoire familiale prenait forme. Tout s'éclairait même si cette histoire était teintée de tristesse, de souffrance, de rancœur, d'abnégation, de mensonges et de non-dits. Elle réalisa que les seuls moments heureux qu'ait connus Nora étaient venus de la famille O'Neil.

Après avoir terminé leurs desserts, Maureen et Ayden quittèrent le pub et marchèrent en silence dans les rues désertes. La fraîcheur de la nuit fit du bien à la jeune femme, encore secouée par les révélations de la soirée. Conscient de son trouble, Ayden demanda :
— Tu te sens bien ?
— Ça va, merci. Mais c'est perturbant de me rendre compte que je ne savais rien sur ma famille. Tu sais plus de choses que moi en fait. Et plus j'en apprends, plus je me sens triste pour Nora. Elle a beaucoup souffert. Par la faute de son père, celle de son mari, puis celle de ma mère et même la mienne.
— Tu n'y es pour rien. Tu ne savais pas. Je suis désolé d'avoir plombé la soirée.
— Non, non. Il fallait que je sache. C'est pour ça que je suis venue en Irlande. C'est ce que voulait Nora. Je suis heureuse qu'elle et Lochlan se soient retrouvés finalement.

Ils rejoignirent leur voiture et reprirent le chemin de leur bed and breakfast. Ils regagnèrent leurs chambres et se souhaitèrent bonne nuit.
— J'ai passé une très bonne soirée, dit Maureen. Le resto était excellent et la compagnie très agréable. Merci.
— J'ai beaucoup apprécié moi aussi. Alors à demain.
— A demain.

Ils se glissèrent chacun dans leur chambre et dans leurs lits respectifs. Tous deux eurent du mal à trouver le sommeil, partagés entre le tourment de leur histoire familiale commune et le plaisir qu'ils avaient éprouvé à dîner ensemble et à se découvrir l'un l'autre.

Le petit-déjeuner était servi dans une pièce traversante baignée de lumière grâce aux baies vitrées qui donnaient d'un côté sur les montagnes, de l'autre sur le jardin et la lande. Plusieurs petites tables recouvertes de nappes jaunes attendaient leurs hôtes. Ayden s'installa près d'une fenêtre et commanda des œufs brouillés et du bacon avec son café en attendant l'arrivée de Maureen. Elle n'allait pas tarder car ils s'étaient donné rendez-vous à huit heures trente pour pouvoir partir une heure après pour visiter l'abbaye de Kylemore située à environ une demi-heure de leur logement.

Quelques minutes plus tard, Maureen apparut sur le seuil de la salle à manger et rejoignit Ayden à sa table. Elle lui sourit mais manifestement elle n'avait pas passé une nuit sereine à en juger par les petites ombres qui se dessinaient sous ses yeux. Ayden ne fit pas de commentaires mais comprit aisément que leur conversation de la veille ait perturbé la jeune femme. Il préféra ne pas aborder la question et essaya de lui changer les idées en évoquant le programme de la journée. Il avait fait quelques recherches sur Internet sur son téléphone et lui lut ce qu'il avait trouvé.

L'abbaye de Kylemore était l'un des joyaux incontournables du Connemara et son histoire digne d'une tragédie romantique hollywoodienne. Avant d'être un édifice religieux, le château victorien de Kylemore avait été le symbole de l'amour de Mitchell Henry pour sa femme Margaret. Ils s'étaient mariés en 1849 et lors de leur lune de miel dans le Connemara, ils furent immédiatement séduits par la beauté des lieux. Grâce à un héritage, Mitchell fit alors l'acquisition en 1862 d'un terrain entouré de montagnes au bord du lac de Pollacapull et y fit construire un splendide château pour faire une surprise à son épouse. Le couple Henry s'y installa en 1871. Malheureusement, au cours d'un voyage en Égypte, Margaret contracta une fièvre et décéda en 1874. Fou de douleur, Mitchell évita autant que possible le château de Kylemore qui lui rappelait son épouse. Il fit cependant construire en 1877 une église néo-gothique évoquant une cathédrale miniature en hommage à sa femme disparue. En 1892, sa fille Géraldine se noya dans le lac au cours d'une promenade aux alentours de Kylemore. Frappé par ce nouveau deuil et par des difficultés financières, Mitchell Henry décida de vendre le domaine de Kylemore. Il décéda en 1910. Après être passé entre les mains du Duc et de la Duchesse de Manchester en 1903, le château fut racheté par la communauté des sœurs bénédictines en 1920 et transformé en abbaye.

— Et bien ce n'est pas gai ! commenta Ayden.

— Non, mais c'est une belle histoire d'amour, répondit Maureen. Ça donne vraiment envie d'aller visiter !

Ayden leva les yeux vers la jeune femme. Elle avait retrouvé sa bonne humeur et ses yeux brillaient d'excitation. Ils terminèrent leur petit-déjeuner et se mirent en route sous un ciel menaçant.

Si le trajet jusqu'au domaine de Kylemore parut court à Maureen qui commençait à se faire à la conduite à gauche, du moins en tant que passagère, l'état de la chaussée et la signalisation routière de ce pays la laissaient perplexe. Par endroits, le bitume semblait avoir été jeté à même la terre, sans prendre le temps d'aplanir le sol, ce qui faisait ressembler la route à des montagnes russes, agrémentées de virages par-dessus le marché ! De même, elle cherchait encore l'intérêt d'indiquer la possibilité de rouler à 100 km/h alors que quelques mètres plus loin un panneau indiquait des virages serrés, ce qui rendait forcément impossible de rouler à cette vitesse. Elle en était là de ses réflexions lorsque quelques kilomètres après avoir dépassé Letterfrack, elle vit un panneau indiquant l'entrée de l'abbaye de Kylemore. Ils se garèrent sur le parking visiteurs et descendirent de voiture sous une petite pluie fine qui les obligea à revêtir leurs parkas.

C'est depuis la passerelle qu'ils avaient empruntée pour se diriger vers l'entrée du domaine que Maureen eu sa première vision du château de Kylemore. Sur la rive de l'autre côté du lac, au milieu d'un écrin de végétation dense, au pied même de la montagne, se dressait fièrement un bâtiment imposant tant par sa taille que par son architecture. La brume qui l'enveloppait lui donnait un aspect mystérieux et magique, comme si cet endroit appartenait à un autre monde. La façade grise était percée de dizaines de fenêtres qui devaient offrir une vue imprenable sur le lac dont les rives étaient parsemées d'immenses rhododendrons en fleurs saupoudrant d'un mauve délicat le camaïeu de vert des arbres centenaires. Plus ils se rapprochaient, plus la bâtisse était impressionnante avec ses tours carrées, ses hauts murs crénelés et ses *bow-windows*.

Ils pénétrèrent dans le château par une magnifique arche en granit. L'intérieur de Kylemore n'avait rien à envier à l'extérieur. Chaque pièce avait été restaurée et décorée avec des meubles et objets anciens reconstituant la vie de la fin du XIXe siècle. Les photos d'époque en noir et blanc, les cheminées en marbre surmontées de miroirs dorés richement sculptés, le mobilier en bois sombre rehaussé par les tapisseries en papiers peints au pochoir contribuaient à plonger le visiteur dans ce passé lointain. Ils parcoururent la bibliothèque et le bureau de Mitchell Henry où des portraits parlants des deux époux donnaient vie à la pièce. Puis vint le salon et la salle du matin où les dames s'asseyaient pour lire, coudre et divertir leurs invités de la journée. Les canapés et fauteuils drapés de soie invitaient à la paresse et à la contemplation avec la vue sur le lac. Chaque pièce regorgeait d'éléments de la vie quotidienne de l'époque victorienne. Ici c'était une écritoire posée à côté d'un piano, là une boîte à couture ouverte, là encore une robe de bal de Margaret Henry. Dans un coin étaient disposés les chevaux de bois des enfants, dans un autre un vieil appareil photographique sur pied. Dans la salle à manger décorée dans des tons de couleur pourpre, une table magnifiquement dressée pour huit convives semblait attendre ses invités, tandis que, posé sur un chevalet, un menu d'époque très copieux mettait l'eau à la bouche. La vaisselle en porcelaine et la verrerie étaient exposées sur différentes dessertes autour de la table. Les pièces et couloirs se succédaient, remplis de petits trésors et de détails qu'une seule visite ne suffisait pas à saisir.

Émerveillés de leur visite, Maureen et Ayden sortirent du château pour se diriger vers l'église gothique construite en hommage à Margaret Henry. Ils longeaient le lac lorsque la sonnerie du téléphone d'Ayden retentit.

— Désolé, il faut que je prenne cet appel, fit le jeune homme et il s'éloigna pour répondre.

Maureen en profita pour quitter le sentier bordé de rhododendrons sauvages et de digitales roses, et descendit au bord du lac. Elle s'assit sur un tronc d'arbre mort et contempla les eaux sombres et paisibles qui s'étendaient à perte de vue. La pluie avait cessé mais des nuages de subtiles nuances de gris envahissaient le ciel. Des volutes vaporeuses semblaient flotter dans l'air et s'accrocher au sommet des montagnes environnantes, s'arrêtant à mi-pente pour laisser dégagé le domaine de Kylemore tout en l'entourant d'un voile protecteur. Maureen ne regretta pas un seul instant d'avoir visité le domaine par ce temps et non sous le soleil car l'ambiance qui se dégageait de cette atmosphère était quasi-mystique. Dans la mythologie irlandaise, les brumes, les lacs et les grottes étaient considérés comme des passerelles vers le monde souterrain celtique. À n'en pas douter, l'atmosphère qui régnait dans cet endroit donnait foi à ces légendes.

La jeune femme sortit son fidèle carnet de sa poche pour y noter ses impressions et décrire le paysage à la fois splendide et mystérieux qu'elle avait sous les yeux. Cet endroit lui semblait étrangement familier. En fouillant dans sa mémoire, elle réalisa soudain que ce lieu ressemblait étrangement au paysage du rêve qu'elle avait fait en Bretagne le jour de l'appel du notaire.

Lorsqu'Ayden la rejoignit quelques instants plus tard, Maureen sursauta car elle était plongée dans une torpeur contemplative et n'avait pas entendu le jeune homme arriver. Ils visitèrent la petite chapelle érigée à la mémoire de Margaret

Mitchell puis déjeunèrent au restaurant du domaine avant de poursuivre leur visite par les jardins clos victoriens, oasis de verdure bien ordonnée au milieu de la nature sauvage du Connemara. Sur six acres, le jardin se déclinait en parterres fleuris multicolores, potager, arbres fruitiers, rocailles et jardin aromatique. Les jeunes gens flânèrent un moment entre les allées rectilignes du jardin puis, en milieu d'après-midi, ils quittèrent le domaine de Kylemore pour se diriger vers Roundstone, la prochaine étape de leur voyage, située à environ quarante kilomètres.

Désormais plus détendue sur la route, Maureen alluma la radio et les notes de *Bad Habits* de Ed Sheeran s'élevèrent dans la voiture. Incapable de résister à la mélodie entraînante, la jeune femme se mit à fredonner et à se balancer sur le rythme de la chanson. Ayden commença lui aussi à marquer le tempo du doigt sur le volant et à murmurer les paroles du bout des lèvres. Il jeta un coup d'œil vers sa passagère qui semblait manifestement bien connaître la chanson. Entraîné par la bonne humeur de la jeune femme, il ne tarda pas à l'accompagner et mêla sa voix à la sienne sur le refrain. Surprise mais ravie, Maureen l'encouragea et un duo aussi joyeux qu'inattendu s'improvisa jusqu'à la dernière note de la chanson qui prit fin dans un éclat de rire.

— Je ne savais pas que tu connaissais Ed Sheeran, s'étonna Ayden.

— Évidemment ! Il est connu dans le monde entier ! J'aime beaucoup ce qu'il fait. Tu aimes bien ses chansons aussi apparemment ?

— J'avoue qu'il en a quelques-unes de pas mal.

— Quelques-unes ? Mais elles sont toutes géniales ! s'exclama Maureen, offusquée.

— OK, j'ai affaire à une fan ! comprit Ayden. Je reconnais qu'il est très bon, concéda-t-il volontiers.

— Je préfère ça, approuva la pétillante rouquine avec un air faussement sévère qui fit sourire le jeune homme.

Au moment du flash d'informations, Maureen se pencha pour changer de station de radio à la recherche de musique. Elle s'arrêta sur LiveIreland Channel 1 qui diffusait de la musique traditionnelle irlandaise. Elle se laissa porter par la mélancolie d'une ballade et son regard se perdit dans la contemplation du paysage. Une nouvelle chanson venait de commencer et Maureen tourna vivement la tête et se précipita pour monter le son, en proie à une vive émotion.

Intrigué par sa réaction, Ayden interrogea la jeune femme.

— Qu'est-ce qu'il y a ?

— Je ne sais pas. C'est cette chanson. C'est étrange.

— C'est *Come by the Hills*. Tu connais ? demanda-t-il alors qu'il connaissait la réponse puisqu'il avait entendu la jeune femme la fredonner le premier jour de leur rencontre.

— Oui. Je la connais depuis longtemps. Mais je ne me souviens pas comment. Je pense que ma mère devait me la chanter quand j'étais enfant.

— C'est un air traditionnel irlandais, *Buachaill ón Éirne*[2], à l'origine chanté en gaélique. Les paroles en anglais sont de W. Gordon Smith, un Écossais. Nora me chantait cette chanson quand j'étais petit.

— Ah oui ?! s'exclama-t-elle, décontenancée. C'est bizarre que ma mère me chante une chanson irlandaise alors qu'elle avait renié Nora et ses racines.

— Elle n'avait peut-être pas totalement tiré un trait sur Nora.

— Peut-être... Murmura Maureen, songeuse.

---

[2] « Garçon d'Irlande » en gaélique irlandais

Pub Irlandais (designed by Freepik)

8. Roundstone

Ayden voulait faire découvrir à Maureen la côte en empruntant le *Wild Atlantic Way*. Cette route, l'une des plus extraordinaires d'Irlande, permettait de sillonner le littoral irlandais sur plus de 2500 kilomètres depuis le comté du Donegal au nord jusqu'au comté de Cork au sud, ce qui en faisait la route côtière la plus longue du monde.

« Les paysages sont à couper le souffle ! » Avait assuré le jeune homme. Et il n'avait pas exagéré. Ils empruntèrent la R341 et Maureen tomba immédiatement sous le charme de cette route pittoresque bordée par l'Atlantique. Le panorama était tellement époustouflant qu'Ayden devait s'arrêter toutes les cinq minutes pour que la jeune femme puisse prendre des photos. Un condensé d'Irlande se déployait sous ses yeux. La route passait au milieu de prairies verdoyantes sillonnées de murets de pierres sèches posées à la main depuis des siècles où paissaient tranquillement vaches et moutons. D'un côté de la route, quelques lacs venaient ponctuer les pâtures de leurs eaux sombres et paisibles tandis que de l'autre côté, l'herbe verte plongeait dans le bleu de l'océan. Plus ils avançaient, plus la route se rapprochait du trait de côte jusqu'à ce qu'elle ne soit plus séparée de l'eau que par quelques rochers posés sur le sable blanc.

Ils firent halte à la plage de Mannin Bay Blueway. Si ce n'étaient les maisons qui n'avaient rien en commun avec celles qu'elle connaissait, Maureen se serait crue en Bretagne... ou dans une île des Seychelles ! Elle descendit de voiture et courut vers la mer respirer à pleins poumons l'air iodé, éblouie par les eaux cristallines et azurées de ce petit bout d'Armorique au cœur de l'île d'émeraude. Ayden la rejoignit et ils se posèrent un long moment dans le sable blanc corallien, particularité de cette plage, afin de goûter à la beauté et à la sérénité du paysage.

Ils se détachèrent à regret de ce petit coin de paradis et reprirent leur route pour Roundstone, un charmant petit port de pêche aux pieds de la majestueuse montagne Errisbeg. Ils rejoignirent le Wild Lake House, le B&B dans lequel ils devaient passer la nuit, situé à une petite vingtaine de minutes de Mannin Bay.

Après avoir déposé leurs bagages, Ayden et Maureen se rendirent au centre de Roundstone pour dîner. Ce joli village côtier, considéré comme l'un des plus beaux du Connemara, était prisé des touristes et principalement tourné vers l'artisanat local. On y trouvait pléthore de boutiques artisanales proposant des poteries faites main, des bijoux, ou encore des instruments issus de grands luthiers de la région. Le petit port de pêche animé proposait la vente à la criée de crabes, homards, crevettes, maquereaux ou morue. Maureen tomba sous le charme de cet endroit qui lui rappelait Sarzic. Elle ne fût pas dépaysée non plus par le changement soudain d'atmosphère. Si la météo en Bretagne avait la réputation d'être changeante, celle d'Irlande n'avait rien à lui envier. Le soleil laissa brusquement la place à des nuages noirs qui envahirent le ciel et à un orage aussi violent que soudain. Les jeunes gens coururent s'abriter dans le premier pub-restaurant qu'ils trouvèrent. Ils poussèrent la porte du Shamrock avec sa devanture rose, trempés comme des soupes.

— Entrez vite vous mettre à l'abri ! les accueillit la serveuse compatissante. Vous voulez dîner ?
— Oui, s'il vous plaît, répondit Ayden.
— La table près de la fenêtre, ça vous va ?
— Parfait !
— Je vous apporte la carte !

Maureen s'installa sur la banquette et regarda par la fenêtre la vue sur le port. Le vent formait des vagues qui agitaient les bateaux au mouillage tandis que des éclairs zébraient le ciel ténébreux. Elle sentit des gouttes d'eau dégouliner dans son cou et se servit de son foulard pour tenter de sécher ses cheveux mouillés.

— Quelle saucée ! s'exclama Ayden. Tu n'as pas froid ?
— Non ça va. C'est beau, tu ne trouves pas ?

Ayden suivit son regard vers l'extérieur et contempla les flots agités et le ciel en colère qui assassinait cette fin de printemps. Oui, elle avait raison, c'était très beau.

La serveuse interrompit leur contemplation pour prendre leur commande. Ils prirent deux *fish & chips*, une pinte de bière et un verre de vin blanc.

— Ça sera prêt dans une dizaine de minutes. Vous aurez le temps de manger tranquillement avant l'arrivée des musiciens. Le groupe arrive à vingt heures, il va y avoir de l'ambiance ce soir ! assura-t-elle avec un grand sourire.

Les yeux de Maureen se mirent à briller de joie. Depuis son arrivée en Irlande, elle rêvait d'assister à un concert dans un pub. Elle savait que la musique faisait partie de l'âme et de la culture irlandaise, c'était le symbole de l'identité culturelle gaélique. Les ballades étaient souvent d'une grande mélancolie, chargées d'histoire et d'émotion. Elles évoquaient la grande famine de 1845, les conflits opposants catholiques et protestants et le Bloody Sunday de 1972, ou bien une déchirante histoire d'amour.

Ils terminaient leurs *cheesecakes* quand le groupe s'installa et commença à jouer. Les musiciens débutèrent par des morceaux lents pour permettre aux personnes attablées de finir tranquillement leur repas. Les accents poignants du violon et perçants de la flûte s'accordaient à merveille avec la profondeur des thèmes évoqués.

Ayden observait attentivement Maureen qui se laissait complètement transporter par la musique et lut sur son visage les émotions qui la submergeaient. La jolie rouquine joyeuse et espiègle qu'il avait pris l'habitude de côtoyer lui laissait entrevoir la jeune femme fragile, à la sensibilité à fleur de peau qu'il avait deviné qu'elle était également. Plus il apprenait à la connaître, plus il était charmé bien malgré lui par la personnalité attachante et émouvante de la petite-fille de Nora.

Soudain, les ballades mélancoliques cédèrent la place aux rythmes endiablés et festifs qui faisaient la réputation de la musique irlandaise. L'humeur de Maureen changea immédiatement. Ses yeux s'allumèrent et ses pieds se mirent à battre la mesure. L'ambiance devint joyeuse et entraînante. Les chants et les danses ne tardèrent pas à enflammer le petit pub de Roundstone et Maureen ne résista pas longtemps à l'envie de se joindre aux danseurs. Ayden resta à la table et la regarda évoluer au milieu des habitués du lieu. Elle ne mit pas longtemps à apprendre quelques pas et à s'intégrer naturellement au cercle de danseurs. Elle était rayonnante et plus vivante que jamais. Il lui enviait cette facilité à communiquer et à s'adapter aux personnes et aux situations. Lui préférait rester dans sa bulle, se méfiait des autres et s'interdisait les joies simples de la vie depuis longtemps. *Depuis trop longtemps sans doute*, pensa-t-il en cet instant pour la première fois.

Maureen revint vers lui essoufflée et les joues en feu. Elle se saisit de la pinte qui était devant Ayden et la vida presque entièrement d'un coup, avant même qu'il ait pu réagir.

— Ouf, ça fait du bien, j'avais trop soif ! s'exclama-t-elle. Et elle repartit de plus belle.

Elle revint quelques chansons plus tard et s'assit, ou plutôt se laissa tomber, sur la banquette à côté de Ayden.

— Tu t'amuses bien on dirait, fit-il en souriant.

— C'est super ! Tu devrais venir ! dit-elle en replongeant dans la nouvelle pinte qu'Ayden avait commandée.

— Tu devrais y aller doucement avec la bière. Lui conseilla-t-il mi-amusé, mi-réprobateur.

Elle ne prit pas la peine de répondre et sauta de nouveau sur ses pieds au son de la nouvelle chanson.

— Viens danser avec moi !

— Non, non, vas-y.

— Allez viens ! Ne te fais pas prier ! supplia-t-elle avec un regard enjôleur en le tirant par la main.

Ayden sourit à la petite moue implorante de Maureen et sa détermination flancha. Après tout pourquoi pas ? Il termina sa bière et se laissa entraîner par l'irrésistible petite Frenchie. Il ne mit pas longtemps à baisser la garde et se laissa gagner par la liesse générale. C'était agréable de s'abandonner, surtout en compagnie d'un adorable feu follet comme Maureen.

Quelques danses et plusieurs pintes de bière plus tard, Ayden considéra qu'il était plus que l'heure de rentrer en voyant Maureen passablement éméchée.

— Je crois qu'il est temps d'aller dormir.

— Oh non ! On s'amuse bien ! Encore une danse s'il-te-plaît, supplia-t-elle les yeux brillants de gaieté et d'alcool.

— Je ne crois pas que ce soit très raisonnable.

— Qui parle d'être raisonnable ? Tu n'es qu'un rabat-joie Ayden O'Neil ! bafouilla-t-elle en pointant son doigt sur la poitrine du jeune homme.

Il ne put s'empêcher de sourire. Elle l'amusait et il fallait bien reconnaître qu'elle était adorable avec ses joues rosies par la danse. L'alcool lui allait bien même si elle ne le tenait absolument pas. Elle était encore plus enthousiaste que d'habitude, riait et chantait, toute pudeur ou timidité évanouies. Alors que le jeune homme tentait de la convaincre de rentrer, le groupe de musiciens entama *Ireland's Call* et Maureen se retourna d'un coup.

— J'adore cette chanson ! s'écria-t-elle.

Tandis qu'il la soutenait car elle chancelait légèrement, elle brandit son poing vers le haut et se mit à chanter à tue-tête avec le reste de l'assemblée :

Ireland, Ireland!
(Irlande, Irlande !)
Together standing tall
(Ensemble debout)
Shoulder to shoulder
(Épaule contre épaule)
We'll answer Ireland's call
(Nous répondrons à l'appel de l'Irlande)

Ayden n'en croyait pas ses yeux ni ses oreilles. Mais comment Maureen connaissait-elle cet hymne chanté lors des matchs internationaux de l'équipe d'Irlande de rugby ? Décidément, la jeune femme n'avait pas fini de le surprendre. Le jeune homme était partagé entre l'amusement et la sidération. Quel phénomène il avait rencontré ! Mais il ne le regrettait pas un seul instant. À la fin de la chanson, il parvint tout de même à lui faire entendre raison et ils sortirent du pub. Ayden avait passé un bras autour de sa taille pour l'empêcher de tomber car sa démarche était quelque peu chancelante. Il l'installa dans la voiture et prit le volant pour rentrer. Quelques minutes plus tard, il garait la voiture sur le parking du Wild Lake House. Il réveilla la jeune femme qui s'était endormie.

— Allez marmotte, encore un effort et tu vas pouvoir aller cuver dans ton lit.

— Tu te trompes, je ne suis pas saoule, je suis juste un peu pompette, précisa-t-elle en cherchant ses mots.

— Mais oui, bien sûr. Approuva Ayden en se retenant de rire.

Ne jamais contrarier une personne en état d'ivresse, aussi adorable soit-elle, se dit-il intérieurement.

— Allez viens, je te ramène à ta chambre. Ne fais pas de bruit, les gens dorment.

— Chuuuut ! fit-elle un doigt sur sa bouche.

— Oui c'est ça, chut, acquiesça le jeune homme d'un air entendu.

Il la conduisit jusqu'à sa chambre et hésita sur le seuil de la porte. Elle entra en titubant et commença à enlever ses chaussures et à les lancer à travers la pièce.

— Ne fait pas de bruit !

— Oups, désolée, balbutia Maureen en enlevant son tee-shirt sous les yeux médusés et enfiévrés du jeune homme. Elle portait un soutien-gorge en dentelle bleu foncé qui mettait en valeur la jolie courbe de ses seins. Troublé, Ayden allait la laisser, ne voulant pas se montrer indiscret, quand elle commença à enlever son jean. Ne tenant pas vraiment debout, elle se prit les pieds dans une jambe de son pantalon et serait tombée s'il ne s'était pas précipité pour la retenir. Sans réfléchir, il la fit asseoir sur le lit.

— Je vais t'aider, c'est plus prudent.

— Je savais que je pouvais compter sur toi, affirma-t-elle d'un filet de voix pâteux en se laissant tomber de tout son long sur le lit.

Ayden contempla la jeune femme un instant puis, le souffle court, il finit de la débarrasser de son pantalon. Il fit glisser le vêtement le long de ses jambes fines en essayant de ne pas penser au corps sensuel de la jeune femme ni à la douceur de sa peau. Il entreprit ensuite de la mettre sous les draps, lorsqu'elle lui passa les bras autour du cou, plongea ses yeux dans les siens, et bredouilla dans un murmure :

— J'ai toujours su que tu étais un gentil. Même quand tu bougonnes, tu es gentil. Ça se voit dans tes yeux, tu ne peux pas le cacher. Et quand tu es gentil, je te trouve encore plus séduisant.

Ayden resta médusé. Il tenait dans ses bras une femme magnifique, presque nue, qui lui avouait le trouver séduisant et qui était loin, très loin de le laisser indifférent. Une vague de chaleur l'envahit quand il l'entendit ajouter :

— J'ai très envie que tu m'embrasses. Embrasse-moi, bel irlandais !

Il scruta un moment le beau visage de la jeune femme, ses paupières fermées, ses lèvres entrouvertes qui l'appelaient, son corps souple et voluptueux entre ses bras. Il dut faire appel à tout son sang-froid pour détacher ses bras de son cou, rallonger la jeune femme sur son oreiller et rabattre sur elle la couverture.

— Il est temps de dormir *mo mhilis*[3]*,* chuchota-t-il d'une voix rauque en l'embrassant sur le front.

Inconsciente de l'émoi qu'elle avait provoqué, Maureen se retournait déjà, à moitié endormie. Ayden la contempla un moment puis sortit de la chambre en silence.

---

[3] « Ma douce » en irlandais

Dog's bay, Connemara, Comté de Galway

9. Dog's Bay

Le lendemain, après avoir passé une nuit un peu perturbée par les évènements de la soirée, Ayden était attablé seul dans la salle du petit-déjeuner. Il ne s'attendait pas à voir arriver Maureen de bonne heure étant donné l'état dans lequel elle s'était endormie la veille. En revanche, il misait sur une bonne gueule de bois et se dit que la journée allait être tranquille. Pas de visite aujourd'hui donc. Ayden chercha sur son Smartphone un endroit pas trop éloigné où ils pourraient se reposer tout en profitant du paysage. Au bout de quelques minutes, il sourit, satisfait. Il avait trouvé le lieu idéal !

Il lisait le journal dans le petit salon quand Maureen apparut vers onze heures, mal réveillée et avec un tambour qui tapait dans son crâne. Le jeune homme l'accueillit avec un petit sourire ironique :

— Je ne te demande pas si tu as bien dormi ?

— Parle moins fort par pitié, chuchota-t-elle en se tenant la tête à deux mains. Tu crois que je pourrais encore avoir un café ?

— Je vais demander.

Il revint quelques minutes plus tard avec une tasse fumante, un verre d'eau et un cachet d'aspirine.

— Voilà, ça devrait te faire du bien. Par contre ils ne servent plus de petit-déjeuner.
— Pas grave. Je n'ai pas faim de toutes façons.
— Tu t'es bien amusée hier soir.
— C'était super ! Mais rappelle-moi de ne plus jamais boire de bière. Déjà que je n'aimais pas tellement ça.

Ayden ne put s'empêcher de rire devant la mine déconfite de la jeune femme.

— Je t'ai concocté un programme cool pour la journée, vu ton état, se moqua-t-il gentiment.

Maureen lui lança un regard désabusé et coupable en prenant quelques gorgées de café.

— Promenade tranquille et plage à cinq minutes d'ici, ça te va ?

Maureen leva le pouce en signe d'approbation et avala le verre d'eau effervescente en espérant que l'aspirine fasse rapidement effet.

Son café terminé, elle retourna dans sa chambre prendre une douche et revint une demi-heure plus tard, un peu plus fraîche et dispose. Avant d'aller à la plage, ils firent un détour par Roundstone pour acheter de quoi faire un pique-nique puis reprirent la voiture en direction de Dog's Bay. Maureen s'émerveilla de se retrouver de nouveau en quelques instants dans un paysage d'une beauté indomptée. Les landes de pierre défilaient sous ses yeux, bordées de bruyères et d'ajoncs en fleurs. Quelques maisons cossues typiquement *Irish* s'invitaient presque de façon incongrue et contrastaient avec ce décor sauvage. Quelques minutes plus tard, ils bifurquèrent vers la gauche et s'engagèrent dans un chemin étroit qui descendait vers la mer. Ils atteignirent rapidement la côte et le chemin s'élargit permettant à quelques voitures de stationner.

Maureen fut littéralement happée par le panorama qui se dévoilait devant elle. La petite baie offrait un cocon protecteur à l'océan, dont les eaux calmes et lisses faisaient penser à un lac. Au loin, deux personnes profitaient de la sérénité du lieu et glissaient tranquillement sur l'eau avec leurs paddles. Elle devina à quelques centaines de mètres la plage qui avait la forme particulière d'un fer à cheval. Dog's Bay et sa jumelle Gurteen Bay étaient deux petites baies disposées de chaque côté d'une langue de sable qui avançait dans l'océan Atlantique aux pieds du flanc ouest de la montagne Errisbeg.

Ils dépassèrent une barrière en bois et progressèrent sur le chemin en direction de la plage quasi-déserte. Le sable constitué de fragments de coquillages était d'un blanc lumineux qui éblouissait les yeux. Où que son regard se pose, Maureen était émerveillée. Devant elle s'étendait l'océan, étendue aux multiples reflets dont les eaux turquoise et transparentes venaient s'échouer doucement sur le rivage. Derrière elle, au-delà des dunes, la montagne s'élevait, sombre et majestueuse. Elle leva les yeux pour contempler quelques petits nuages blancs qui venaient jouer les trouble-fêtes dans l'azur éclatant d'un ciel sans défaut. Jamais elle n'aurait imaginé trouvé un tel paysage en Irlande. Elle en était bouche bée d'étonnement et d'admiration.

— Alors ? Ça te plaît ? interrogea Ayden, peu habitué au silence de la jeune femme.

— Si ça me plaît ? Mais c'est un véritable paradis ! On se croirait sur une île tropicale !

La réaction de Maureen ravit Ayden, satisfait de sa surprise. Ils restèrent un long moment à profiter du spectacle puis décidèrent d'aller explorer les dunes. Plus ils avançaient, plus le sable du chemin encaissé qu'ils avaient emprunté laissait la place à une herbe d'un vert tendre ponctuée de petites fleurs jaunes. Ils débouchèrent enfin sur le plateau qui les laissa sans voix. Une véritable prairie illuminée par une multitude de fleurs jaunes et blanches formait un tapis coloré et joyeux qui s'étendait à perte de vue. La diversité et la beauté des paysages et la brutalité avec laquelle ils se succédaient était stupéfiante.

Il y a quelques minutes encore, ils étaient aux Seychelles. À présent, ils se retrouvaient seuls au monde dans ce qui ressemblait à un véritable décor d'alpage.

Ils trouvèrent l'endroit idéal pour leur pause déjeuner et s'installèrent dans l'herbe. Son mal de tête évanoui depuis longtemps et sa bonne humeur retrouvée, Maureen croqua à belles dents dans les sandwiches qu'ils avaient apportés. Une fois rassasiés, ils s'allongèrent dans l'herbe pour contempler le ciel et regarder les nuages qui défilaient lentement au-dessus de leur tête. Seul le chant mélodieux d'une alouette des champs, l'un des oiseaux les plus emblématiques d'Irlande, venait troubler agréablement le silence. Caressés par une brise légère et bercés par la sérénité des lieux, ils finirent par s'endormir. Une heure plus tard, ils se réveillèrent, un peu déboussolés mais reposés et sereins. Ils reprirent le chemin de la plage et Maureen ne put résister à l'envie d'enlever ses chaussures pour sentir le sable glisser entre ses orteils. C'était si agréable de sentir les minuscules morceaux de coquillages chatouiller la plante de ses pieds. Ayden l'imita et ils marchèrent avec délice le long de la plage. Soudain, Maureen fut prise d'une envie irrésistible de se jeter à l'eau.

— Qu'est-ce que tu fais ? demanda Ayden stupéfait en regardant Maureen ôter son tee-shirt et son pantalon de toile.

— Ça ne se voit pas ? Je vais me baigner ! C'est trop beau ! Je ne peux pas rater ça ! Allez, viens ! l'encouragea-t-elle.

Sans lui laisser le temps de répondre, elle courut vers la mer en sous-vêtements et entra dans l'eau jusqu'aux mollets. Elle commença à s'asperger pour s'habituer à la température plutôt fraîche de l'eau. Ayden contempla la silhouette juvénile de la jeune femme. Il détailla ses jambes fuselées, sa taille fine, ses seins petits et fermes. *Bon sang qu'elle était belle !*

Sa contemplation fût troublée par la voix Maureen qui était à présent à moitié immergée.

— Tu devrais venir ! Elle est super bonne une fois qu'on est entré ! Si une bretonne supporte, ce n'est quand même pas un Irlandais qui va avoir peur d'un petit bain frais ! le railla-t-elle en riant.

Le jeune homme resta un instant indécis. *Oh et puis zut !* L'envie était trop forte de la rejoindre. Ayden ôta à son tour ses vêtements et se dirigea vers la jeune femme. Le regard de Maureen se troubla en le voyant approcher. Elle scruta ses jambes musclées, son torse puissant, ses épaules carrées. Elle déglutit péniblement. *Pourquoi fallait-il qu'il soit aussi attirant ?* Elle ressentait toujours un certain émoi lorsqu'il la rejoignit, et le regard ardent qu'il posa sur elle ajouta à son trouble. *Il fallait mettre fin à ces divagations et tout de suite.* Sans réfléchir, elle lui envoya de l'eau en pleine figure en se moquant de lui :

— Alors monsieur l'Irlandais, pas trop froid pour vous ?

Il secoua la tête pour se débarrasser de l'eau et passa une main dans ses cheveux mouillés en lui lançant un regard mi-amusé mi-menaçant.

— Tu sais ce qu'il te dit l'Irlandais ? répliqua-t-il en l'arrosant à son tour généreusement.

Maureen hurla en riant. Elle avait beau protester que ce n'était pas digne d'un gentleman, il continuait à l'asperger en se rapprochant d'elle. Ils chahutèrent comme des gamins pendant quelques minutes jusqu'à ce que Maureen demande grâce. Elle rejeta la tête en arrière en relevant les mèches qui lui tombaient dans les yeux, essora ses cheveux et les ramena sur son épaule. Ayden ne perdait pas une miette du spectacle. Il n'était plus qu'à quelques centimètres de la jeune femme. Il leva la main pour enlever une mèche humide de son visage et la glissa derrière son oreille. Il caressa tendrement sa joue avec son pouce et son regard s'attarda sur son beau visage parsemé de gouttes d'eau et de taches de rousseur, puis descendit jusqu'à ses lèvres sensuelles légèrement entrouvertes. Il plongea son regard brûlant dans celui émeraude de la jeune femme et y lut un trouble qui répondait au sien. Il l'enlaça pour la rapprocher de lui et frémit au contact de ses seins qui épousaient son torse. N'y tenant plus, il se pencha vers elle et posa ses lèvres sur les siennes avec douceur, puis voyant que la jeune femme ne résistait pas, il l'embrassa avec fièvre. Sa bouche exigeante s'écrasa contre celle douce et tendre de Maureen. Sa langue se fraya un chemin entre ses lèvres et vint jouer avec celle de la jeune femme, lentement puis fougueusement. Maureen enfouit ses mains dans les cheveux de Ayden et répondit avec passion à son baiser en arquant instinctivement son corps contre le sien.

Soudain elle se raidit et le repoussa avec force.

— Non ! s'écria-t-elle.

Elle se précipita pour regagner le sable et se rhabiller, tremblante de froid et d'émotion.

Déconternancé, Ayden la rejoignit et la regarda remettre ses vêtements maladroitement. Il voulut l'aider mais elle arrêta son geste brutalement.

— Ne me touche pas !

— Tu es trempée voyons. Attends au moins que j'aille chercher une serviette dans la voiture, tu vas attraper la mort.

— C'est bon je te dis ! répondit-elle sèchement.

— Maureen écoute, ce qui vient de se passer...

— N'arrivera plus jamais ! le coupa-t-elle. Tu n'avais pas le droit de m'embrasser, s'exclama-t-elle furieuse.

Surpris par son attitude, Ayden se renfrogna.

— Il me semble que tu m'as rendu ce baiser. Ça ne devait pas être si désagréable que ça ! répliqua-t-il d'un ton ironique.

— Je ne veux pas que tu m'embrasses, c'est bien compris ?

— Ce n'est pas ce que tu disais hier soir quand je t'ai ramenée dans ta chambre, lâcha-t-il, cinglant.

Maureen le regarda abasourdie, ne sachant quoi répondre.

— Tu ne t'en souviens pas, on dirait ? Il faut dire que tu étais bien éméchée. Ça se voit que tu n'es pas une vraie irlandaise, tu ne tiens pas l'alcool, poursuivit-il, volontairement blessant.

Maureen lui lança un regard noir. Elle ne se souvenait pas exactement de ce qui s'était passé la veille. Elle fouilla dans sa mémoire et des flashs lui revinrent. Ils avaient chanté et dansé au pub, bu quelques pintes. Elle se rappela que la tête lui tournait et qu'Ayden l'avait soutenu jusqu'à sa chambre et l'avait mise au lit. Et... *Oh bon sang !* Il lui avait ôté ses vêtements et elle lui avait demandé de l'embrasser. Elle ouvrit de grands yeux, horrifiée par ce qu'elle avait fait et croisa le regard pénétrant d'Ayden qui l'observait.

— On dirait que la mémoire te revient, fit-il d'un ton sarcastique.

Mortifiée, elle hoqueta :

— Est-ce que...Est-ce qu'on a ? Elle ne parvint pas à finir sa phrase.

— Est-ce qu'on a fait l'amour, c'est ça que tu veux savoir ?

Elle acquiesça légèrement de la tête, anxieuse et gênée.

— À ton avis ? répondit-il en la couvrant d'un regard caressant.

Elle ne pût en supporter davantage. Elle lui tourna le dos et regagna rapidement la voiture en retenant un sanglot. Ayden la regarda s'éloigner sans mot dire, regrettant déjà de l'avoir blessée. Il la rejoignit et pris le volant pour retourner au bed and breakfast. Il jetait de temps en temps un coup d'œil à la dérobée à sa passagère qui avait adopté une attitude boudeuse et un silence pesant. Arrivés à destination, Maureen descendit de voiture sans l'attendre et se précipita dans sa chambre. Ayden la suivit et retint de justesse la porte qu'elle allait lui claquer à la figure.

— Laisse-moi tranquille, supplia-t-elle d'une petite voix.

Sa colère avait laissé place à une tristesse qui brisa le cœur d'Ayden. Il n'avait jamais eu l'intention de la blesser.

— Maureen, laisse-moi entrer, il faut qu'on parle. S'il-te-plaît, dit-il d'une voix radoucie.

Voyant qu'elle hésitait, il ajouta en soupirant :

— Il ne s'est rien passé entre nous hier soir.

Maureen releva vivement la tête vers lui et scruta son regard. Il avait l'air sincère.

— Je peux entrer maintenant ?

Elle ouvrit la porte pour le laisser passer et s'assit sur le lit.

— Il ne s'est rien passé, c'est vrai ? demanda-t-elle, encore incertaine.

— Non, je te le promets, la rassura-t-il.

— Alors pourquoi tu m'as laissé croire qu'il y avait eu quelque chose ?

— C'est toi qui en as déduit ça. J'ai juste dit « A ton avis ? », se justifia-t-il sur le ton de l'excuse. Bon d'accord, j'aurais dû démentir. Je te demande pardon. Je suis désolé, Maureen.

Elle leva vers lui des yeux perplexes.

— Mais je me souviens que tu m'as déshabillée et que je t'ai dit de m'embrasser, dit-elle en rougissant et en détournant le regard.

— Je t'ai aidé à te dévêtir car tu avais commencé dès que nous sommes entrés dans la chambre. Tu ne tenais pas debout et tu as failli te casser la figure en enlevant ton jean. J'ai jugé plus prudent de le faire moi-même et je t'ai mise au lit. Tu as mis tes bras autour de mon cou et c'est là que tu m'as demandé de t'embrasser. Juste après m'avoir dit que tu me trouvais séduisant, lâcha-t-il avec un air narquois.

Maureen était rouge de honte et n'osait pas le regarder.

— Et qu'est-ce que tu as fait ?

— Je n'ai pas pour habitude de profiter d'une femme qui n'est pas en possession de tous ses moyens, se raidit-il légèrement irrité.

— Merci, murmura-t-elle penaude mais soulagée.

Il l'observa un instant et une bouffée de tendresse et de désir l'envahit. Il fallait qu'il sorte de cette chambre au plus vite. Il se dirigea vers la porte. Elle se leva pour l'accompagner et au moment de quitter la pièce, il se retourna et ne put s'empêcher d'ajouter :

— Si tu veux tout savoir, ce n'est pas l'envie qui m'en manquait. Mais si nous l'avions fait, j'ose espérer que tu t'en souviendrais.

Il marqua une pause et la couva avec des yeux brûlants.

— Et tu t'en souviendrais ! assura-t-il d'une voix rauque et caressante.

Maureen avait mis du temps à s'endormir. Elle ne pouvait s'empêcher de penser au baiser qu'elle avait échangé avec Ayden. Elle sentait encore son corps serré contre le sien, l'odeur de sa peau légèrement musquée qui exhalait des notes boisées, chaudes, enveloppantes et sensuelles. Elle avait encore le goût salé de ses lèvres sur les siennes. Elle ressentait le contact léger de ses doigts caressant son visage et sa main impérieuse posée au creux de ses reins. Maureen était indéniablement attirée par le jeune homme et il n'était pas indifférent lui non plus à en juger par le baiser brûlant qu'il lui avait donné et la déclaration qu'il lui avait faite. Mais c'était tout simplement impossible. Il ne pouvait rien se passer entre eux, à son grand regret. Quand elle sombra enfin dans un sommeil agité, sa décision était prise.

Ayden avait passé une nuit délicieuse, peuplée de rêves sensuels dans lesquels il revivait le moment intime qu'ils avaient partagé dans la mer. Il préféra ne pas penser aux raisons pour lesquelles Maureen l'avait repoussé. Elle lui avait demandé de l'embrasser après la soirée au pub et, même si elle était éméchée, ce n'était pas une erreur. L'alcool a plutôt tendance à désinhiber les gens et à révéler leurs pensées ou désirs profonds. Et hier, elle lui avait rendu son baiser avec fougue. Il mit sa rebuffade sur le coup de la surprise. Peut-être avait-il été trop vite ? Il se promit d'être patient et de lui laisser le temps nécessaire. Il ne voulait surtout pas effrayer cet adorable petit lutin roux qui lui plaisait tant.

Il se leva, prit une bonne douche et s'habilla prestement. Il sortit de sa chambre et alla toquer à la porte de la jeune femme. Pas de réponse. Elle devait déjà être dans la salle du petit-déjeuner. Il descendit et salua les personnes attablées. Pas de Maureen. Légèrement inquiet, il interpella son hôte :

— Excusez-moi, vous avez vu la jeune femme qui m'accompagne ce matin ?

— Non. Elle doit probablement encore dormir, répondit-il aimablement.

— J'ai vu votre demoiselle tout à l'heure, intervint sa femme qui amenait des toasts tout chauds de la cuisine. Elle m'a demandé où était la station de bus la plus proche pour Galway. Je lui ai dit qu'elle devait prendre la ligne 432 à Roundstone jusqu'à Raidió Na Gaeltachta et attendre le bus 424 pour Galway. Elle m'a rendu la clé de sa chambre. Je pensais que vous étiez au courant.

Ayden la remercia et sortit précipitamment, l'air soucieux.

Et merde ! jura-t-il intérieurement en montant à toute vitesse dans la voiture et en démarrant sur les chapeaux de roues. Il roula à vive allure sur Monastery Road qui reliait Wild Lake House au centre de Roundstone. Il avait peur d'arriver trop tard et que la jeune femme soit déjà montée dans un bus.

— Bon sang Maureen où es-tu ? marmonna-t-il nerveusement, les yeux scrutant les bas-côtés.

Soudain, il l'aperçut au loin sur le bord de la route, traînant sa valise derrière elle. Il lâcha un juron et enfonça la pédale d'accélérateur pour arriver à sa hauteur. Il baissa la vitre de la voiture et l'interpella.

— Maureen, mais qu'est-ce que tu fais ? J'étais fou d'inquiétude !

Elle leva à peine les yeux vers lui et continua à marcher. Agacé, Ayden accéléra et la dépassa, puis il s'arrêta brusquement et descendit de voiture en claquant la portière.

— Mais qu'est-ce qui te prend ? Tu avais l'intention de partir comme ça sans même dire au revoir ? Qu'est-ce qui se passe ? Je pensais qu'on s'était expliqués hier. Mais réponds enfin ! cria-t-il en lui prenant le bras pour l'arrêter.

— Ayden s'il-te-plaît, ne rends pas les choses plus difficiles, murmura-t-elle d'une voix tremblante, la tête baissée. C'est mieux comme ça. Il vaut mieux que je m'en aille.

— Tu ne crois pas que j'ai droit à une explication ?

Maureen leva vers lui des yeux emplis de larmes et de colère :

— Ce n'est pourtant pas compliqué ! On est de la même famille ! s'écria-t-elle. Nous avons la même grand-mère, alors je ne sais pas ce que ça fait de nous, des arrières ou petits cousins germains, je n'en sais rien, mais il ne peut rien se passer entre nous !

Ayden resta sans voix, surpris et décontenancé. Il ne s'attendait certainement pas à ça. Il sursauta quand une voiture klaxonna en passant à leur hauteur. Il prit Maureen par le bras pour l'éloigner du bord de la route. Elle se dégagea d'une secousse.

— Monte dans la voiture ! Je suis mal garé, on va finir par se faire rentrer dedans.

Maureen ne semblait pas décidée à s'exécuter.

— Bon sang ! Maureen, tu vas monter dans cette voiture, sinon c'est moi qui t'y jette, c'est bien compris ? menaça Ayden d'un air autoritaire.

Un peu effrayée par le ton de sa voix et la menace dont elle ne doutait pas un seul instant qu'il la mettrait à exécution, elle obtempéra pendant qu'il mettait sa valise à l'arrière du véhicule.

Il remonta en claquant la portière et démarra en trombe, partagé dans ses émotions. Il n'avait pas compris pourquoi Maureen s'était enfuie de la sorte. Il avait d'abord été fortement contrarié qu'elle l'ait laissé comme ça sans prévenir. Il avait cru qu'elle n'avait pas apprécié qu'il l'embrasse et qu'elle ne voulait plus avoir affaire à lui. Mais ce qu'elle venait de lui dire changeait tout. Ils devaient avoir une discussion au plus vite. Mais il fallait qu'ils soient seuls dans un endroit tranquille. Après avoir fait demi-tour, il reprit la route de leur B&B mais ne s'arrêta pas et avisa un chemin un peu plus loin qui partait vers la gauche en direction de la mer. Il longea la côte jusqu'à trouver un endroit où stopper la voiture sans danger car la route était étroite. Il arrêta le moteur et descendit de voiture. Il fit le tour et ouvrit la portière de Maureen.

— Qu'est-ce que tu fais ? demanda-t-elle, inquiète.

Il lui tendit la main.

— Viens ! Il faut qu'on parle, dit-il d'un ton qui ne supportait pas le refus.

Elle hésita un instant. Il soupira en levant les yeux au ciel puis il s'éloigna vers les rochers bordant la mer. Elle le vit s'asseoir au bord de l'eau d'un air las, les coudes posés sur ses genoux repliés. Finalement, elle descendit de voiture pour le rejoindre et s'assit à côté de lui. Il regardait au loin, les yeux perdus dans l'immensité bleue qui miroitait sous le soleil. Il ne semblait plus en colère à présent. Elle devait se retenir de passer la main dans ses épais cheveux bruns. L'attirance qu'il exerçait sur elle était intense et incontrôlable. Il fallait vraiment qu'elle quitte l'Irlande, sans quoi elle céderait à la tentation et le regretterait aussitôt. Ayden n'était responsable de rien finalement. C'était elle qui lui avait fait des avances en rentrant du pub et elle encore qui s'était déshabillée pour aller se baigner et lui avait demandé de la rejoindre. Elle pensait l'avoir provoqué et elle s'en voulait terriblement. Elle n'osait rompre le silence et se plongea elle aussi dans la contemplation de l'océan.

Après quelques minutes, Ayden poussa un soupir en se passant la main dans les cheveux, comme il le faisait toujours quand il était en proie à une émotion ou un sentiment de gêne, et se tourna vers elle. Il chercha son regard et demanda d'une voix douce :

— Maureen, je peux te poser une question ?

Troublée, elle l'encouragea d'un signe de tête.

— Si tu t'es enfuie, c'est parce que tu ne voulais pas du baiser que nous avons échangé ou parce que tu penses qu'il ne peut rien se passer entre nous parce que nous sommes de la même famille ?

— Je ne comprends pas, balbutia-t-elle.

— Est-ce que ça changerait quelque chose si je te disais que Nora n'est pas ma grand-mère ? Enfin, pas ma grand-mère biologique.

— Quoi ? s'exclama-t-elle en ouvrant de grands yeux ébahis.

— Mon grand-père a été marié avant que Nora ne revienne en Irlande pour le retrouver.

Voyant son air abasourdi et interrogatif, il poursuivit :

— Quand Nora a été contrainte de partir en France pour se marier, Lochlan a été dévasté. Il est resté seul pendant plusieurs années. Il espérait sans doute qu'elle allait revenir. Mais ça n'a pas été le cas et il s'est résolu à épouser Kaitlyn, une connaissance de longue date. Leur mariage n'a pas été heureux car il pensait toujours à Nora. Kaitlyn a fini par demander le divorce quelques années plus tard, mais entre-temps ils ont eu Nolan, mon père. Quand Nora est rentrée en Irlande à la mort de son père et qu'elle a hérité du domaine, elle et Lochlan se sont retrouvés et se sont installés au manoir. Ils étaient restés en contact et étaient toujours aussi amoureux après tout ce temps. J'avais six ans quand j'ai fait la connaissance de Nora. Je n'ai pas connu ma grand-mère biologique car elle s'est remariée avec un anglais et est partie vivre à Londres. Alors j'ai toujours considéré Nora comme ma seule grand-mère. C'est elle et Lochlan qui ont pris soin de moi à la mort de mes parents. Je ne sais pas comment j'aurais fait s'ils n'avaient pas été là tous les deux. Nora a été la présence féminine qui m'a empêché de sombrer. Je l'aimais énormément, lui confia-t-il d'une voix troublée par l'émotion.

Maureen était à la fois bouleversée, décontenancée et soulagée par ce que venait de lui révéler Ayden, d'autant qu'il n'avait pas l'habitude de s'épancher ainsi.

— Pourquoi tu ne me l'as pas dit plus tôt ? Pourquoi personne ne m'a rien dit ? Je croyais que ton père était le fils de Nora et Lochlan, fit-elle envahie par un sentiment d'incompréhension.

— Je pensais que tu le savais. Et à vrai dire, je n'y ai même pas réfléchi. Cela n'avait aucune importance jusqu'à...

— Jusqu'à ce l'on s'embrasse, acheva-t-elle.

Ayden acquiesça en silence.

— Je suis désolé de ce qui s'est passé. Je n'aurais pas dû t'embrasser. Tout est de ma faute. Mais s'il-te-plaît, ne pars pas. Ta présence me fait beaucoup de bien. Tu as réussi à me faire quitter le domaine et même à me faire danser, c'est un exploit ! Et j'aime te faire découvrir mon pays, et le redécouvrir aussi d'une certaine façon. Et tu n'es pas une trop mauvaise co-pilote, dit-il en lui donnant un coup de coude. Enfin, quand tu ne m'enfonces pas tes ongles dans le bras parce que je roule trop à gauche, ajouta-t-il avec un clin d'œil malicieux.

Maureen sourit à cette boutade et croisa son regard pétillant. L'atmosphère s'était détendue et leur complicité était revenue. Maureen se sentait soulagée d'un poids sur la poitrine. Elle réfléchit à ce que le jeune homme lui avait révélé. Même si Nora n'était pas la grand-mère biologique d'Ayden, il l'avait toujours considérée et aimée comme telle. Finalement, elle

avait plus été sa grand-mère à lui que la sienne puisqu'il avait eu la chance de la connaître contrairement à elle qui... Soudain, une phrase qu'il avait dite lui revint à l'esprit et un sentiment de malaise la traversa. « J'avais six ans quand j'ai fait la connaissance de Nora ».
— Ayden, quel âge as-tu ? demanda-t-elle brusquement.
— Trente ans pourquoi ?
— Ça signifie que nous avons trois ans d'écart.
— Oui. Et alors ?
— Et alors, si tu avais six ans quand Nora est revenue en Irlande, ça signifie que j'en avais trois.
Ayden l'écoutait d'un air interrogatif, ne comprenant pas où elle voulait en venir. Il la vît pâlir d'un coup.
— Qu'est ce qui il y a ? l'interrogea-t-il, inquiet.
— Ça veut dire que non seulement Nora n'est pas morte avant ma naissance comme ma mère me l'a toujours dit, mais qu'en plus je l'ai forcément connue puisque j'avais trois ans quand elle a quitté la France. Je pensais qu'elle était repartie bien plus tôt, quand ma mère était plus jeune. J'avoue qu'avec toutes les informations que vous m'avez données Lochlan et toi, je n'ai pas pensé à demander des dates précises. Acheva-t-elle les yeux embués de larmes.
— Oh Maureen, je suis désolé.
Il passa son bras autour de ses épaules pour la consoler.
— Chut. Ça va aller, murmura-t-il en lui caressant les cheveux et en la berçant tendrement.
Ils restèrent enlacés ainsi un long moment, lui ne sachant quoi faire pour soulager sa peine, et elle se sentant à la fois triste et tellement en sécurité dans les bras réconfortants de cet homme qui était entré dans sa vie. Elle se détacha à regret et il essuya affectueusement une larme sur sa joue.
— Tu te sens un peu mieux ? demanda-t-il visiblement soucieux.

— Oui. Enfin, je ne sais pas. Ça fait beaucoup de choses à encaisser. Ma vie entière est basée sur un mensonge alors il va me falloir un peu de temps. Ma mère devait vraiment beaucoup en vouloir à Nora pour m'avoir caché son existence comme ça. Elle l'a carrément rayée de nos vies.

Malgré ce constat amer, elle releva la tête avec un petit sourire.

— Tu te rends compte ? Nora m'a connue pendant trois ans. Ça veut dire que quand j'étais bébé, elle m'a forcément prise dans ses bras, donné le biberon, ou joué avec moi ou...

Elle suspendit sa phrase et ses yeux s'illuminèrent.

— Ayden, tu te souviens de la chanson ? Celle que je fredonne tout le temps ? Tu m'as dit que c'était celle que Nora te chantait aussi quand tu étais petit. Un air irlandais. Ce n'est pas un hasard ! Ce n'est pas ma mère qui me la chantait, c'était Nora ! s'exclama-t-elle avec enthousiasme.

Muckross House, Killarney, Comté du Kerry

10. Le Kerry

Après avoir récupéré les affaires d'Ayden au Wild Lake House, ils se mirent en route pour le comté du Kerry. Les deux voyageurs avaient prévu de visiter le parc national de Killarney et de faire le tour de la péninsule d'Iveragh, également appelée « l'anneau du Kerry ». Ils avaient trouvé un B&B dans la petite ville de Kenmare, à l'entrée de la péninsule et à environ quarante minutes de Killarney. Il y avait près de quatre heures et demie de route depuis Roundstone, mais ils ne pouvaient pas s'abstenir de faire un détour à mi-parcours par les célèbres falaises de Moher dans le comté de Clare.

Ils s'arrêtèrent dans le village de Doolin pour déjeuner. Cette petite bourgade située dans un écrin de verdure entre terre et océan était le point de départ vers les îles d'Aran en ferry. Les façades colorées des maisons se déployaient le long de la rivière Aille qui se jetait dans l'Atlantique. Bien que seulement quelques centaines d'habitants y résidaient à l'année, le village comptait trois pubs réputés pour leurs sessions *live* de musique traditionnelle irlandaise.

Maureen et Ayden s'installèrent à une table de la terrasse de l'Ivy Cottage, un charmant petit restaurant à la façade jaune vif, pour déjeuner. L'endroit était chaleureux et convivial et la vue sur le paysage environnant, bucolique à souhait. Le menu mettait à l'honneur des produits locaux et du poisson frais. Les deux jeunes gens se laissèrent tenter par la fameuse « chaudrée » de l'Ivy Cottage, une soupe de poissons épaisse et crémeuse avec des morceaux de saumon, de morue et d'églefin. Un régal ! Ils auraient aimé s'attarder plus longtemps et profiter du calme et de la sérénité de cet endroit perdu au milieu de nulle part, mais ils devaient visiter les falaises de Moher et il leur restait ensuite plus de trois heures de route pour rejoindre leur B&B de Kenmare.

Une dizaine de minutes plus tard, ils se garaient sur l'immense parking de l'un des sites les plus touristiques d'Irlande. Ils suivirent le chemin balisé qui permettait de rejoindre le sentier qui surplombait les falaises après être passés devant le centre d'accueil des visiteurs qui avait été intelligemment semi-enterré et recouvert de végétation tels les trous de Hobbits de Tolkien. Ils prirent sur la droite en direction de la tour O'Brien, une tour d'observation construite en 1835, point culminant des falaises de Moher à 214 mètres de hauteur. Depuis ce promontoire, la vue sur les falaises était vertigineuse. La roche sombre et striée, témoin d'un passé de plusieurs centaines de millions d'années, plongeait à la verticale dans les tréfonds de l'océan. Les falaises étaient un paradis pour la faune et la flore. De nombreuses espèces d'oiseaux venaient nicher sur les parois de ce géant rocheux tandis que le vert éblouissant des prairies était parsemé de fleurs sauvages. Spectaculaire, époustouflant, exceptionnel. Les superlatifs ne manquaient pas pour qualifier le panorama qui se déployait sous leurs yeux. Maureen et Ayden reprirent le sentier dans l'autre sens en direction de Liscannor et parcoururent quelques kilomètres pour atteindre un nouveau point de vue. Le sentier était étroit et les touristes devaient se serrer pour se croiser, mais l'ascension en valait la peine.

Maureen frissonna brusquement car de ce côté, le vent soufflait et la température était descendue de quelques degrés.

Arrivés sur une petite plate-forme, ils s'installèrent sur un banc pour se plonger de nouveau dans la contemplation du paysage grandiose qui se déployait sous leurs yeux. À quelques mètres, une musicienne faisait chanter son violon pour accompagner les promeneurs avec les notes chaleureuses de musique irlandaise. Alors que la violoniste achevait son morceau, Ayden s'approcha pour déposer un billet dans l'étui posé à ses pieds, et Maureen vit qu'il lui parlait. La musicienne hocha la tête et les premières notes de la chanson de leur enfance s'élevèrent, douces et mélancoliques. Maureen se rapprocha et plongea ses yeux dans ceux du jeune homme qui lui souriait. Ils écoutèrent côte à côte la mélodie poignante qu'ils connaissaient si bien, magnifiée par les accents déchirants de l'archet. Maureen sentit ses yeux s'embuer et instinctivement joignit ses doigts à ceux de son compagnon. Ils restèrent ainsi, main dans la main, jusqu'aux dernières notes, unis par la même émotion.

Une demi-heure plus tard, ils étaient redescendus et avaient rejoint leur voiture au parking pour prendre la direction de Kenmare. Ils avaient bien profité de leur visite des falaises et Ayden avait appelé leur B&B, le Tara Farm, pour prévenir qu'ils seraient un peu en retard sur l'horaire d'arrivée prévu.

Bien que concentré sur sa conduite, le jeune homme ne pouvait s'empêcher de penser à l'évolution de sa relation avec Maureen. Il ne savait pas trop dans quel état d'esprit se trouvait sa compagne de voyage. Il l'avait surprise en train de l'observer à la dérobée à plusieurs reprises comme il le faisait lui-même, mais elle détournait vivement les yeux pour éviter de croiser son regard. Ils n'avaient pas reparlé du baiser qu'ils avaient échangé la veille. Malgré l'attirance qu'il ressentait pour elle et qui ne faisait que s'accroître au fur et à mesure que les kilomètres défilaient, il n'osait pas tenter quoi que ce soit. En se remémorant leur conversation de la veille, il était à présent convaincu que la seule chose qui avait retenu la jeune femme était le fait qu'ils puissent avoir un lien de parenté. Maintenant que ce point était éclairci, il ne devrait plus y avoir d'obstacle à laisser libre court à leur attirance mutuelle. Mais même si elle avait pris sa main sur la falaise, il la sentait sur la réserve. Ayden était indécis sur la signification à donner à l'attitude de la jeune femme, mais une chose était sûre, il n'allait pas commettre la même erreur qu'à Dog's Bay en la surprenant. Il lui laisserait le temps de mettre de l'ordre dans ses idées et de prendre l'initiative d'un rapprochement si elle le souhaitait. Malgré ses bonnes résolutions, il lui était pourtant de plus en plus difficile de lutter contre ses sentiments et le désir qu'il éprouvait pour elle.

Ils arrivèrent enfin au Tara Farm aux alentours de dix-neuf heures. Le B&B était une charmante maison nichée dans la campagne du Kerry avec vue sur la magnifique Baie de Kenmare. Les chambres, décorées dans un style « campagne chic », étaient accueillantes et donnaient sur un petit jardin fleuri intimiste et apaisant. Aussitôt leurs bagages défaits, ils repartirent pour la petite ville de Kenmare pittoresque et haute en couleurs pour dîner. Les façades jaune, turquoise, orange, rose ou violette des bâtiments donnaient un air joyeux à la ville dont la rue principale abritait principalement des pubs, laissant peu de places aux autres commerces.

Fatigués par la route, ils dînèrent rapidement avant d'aller se coucher car la journée du lendemain promettait d'être riche en découvertes.

Dès neuf heures, ils avaient emprunté la N71 en direction de Killarney. La route sinueuse offrait de nombreux points de vue sur le parc national mais il n'était pas toujours évident de faire une pause dans les nombreux virages qui caractérisaient cette partie du trajet. Ils arrivèrent enfin à un endroit permettant de stationner facilement et s'arrêtèrent pour profiter de la vue. Le panorama était grandiose. D'où ils étaient, ils dominaient la vallée et l'Upper Lake, l'un des lacs du parc, entouré par les montagnes majestueuses. À gauche se trouvait la Purple Mountain et sur la droite, la Torc Mountain.

En retournant à la voiture, Maureen tomba en arrêt devant un panneau publicitaire indiquant « *Ladies View gifts food drink* »[4]. Cela lui rappelait quelque chose mais elle ne savait pas quoi. Elle interrogea Ayden :

— Tu as vu le panneau ?

— Oui. Tu veux t'arrêter pour acheter quelque chose ?

— Non, ce n'est pas ça. « *Ladies view* » ça ne te dit rien ?

— C'est le nom donné à cet endroit en hommage à la Reine Victoria qui s'y est arrêtée pour admirer la vue avec ses dames d'honneur en se rendant à Muckross House, expliqua le jeune homme.

Maureen réfléchit un instant. « *Ladies view* », autrement dit « le point de vue des dames ». Son visage s'éclaira et en croisant le regard d'Ayden, elle se rendit compte qu'il avait percuté lui aussi. Ils s'exclamèrent en même temps :

— La lettre de Nora !

Maureen fouilla dans son sac pour prendre la lettre qu'elle gardait toujours sur elle. Ils étaient à présent dans le Kerry, le « royaume » évoqué par Nora et elle avait commencé la phrase par « *Du point de vue d'une vieille dame comme moi* ». Elle faisait sans nul doute allusion au « *Ladies view* » ! Ils échangèrent un regard pétillant de joie et de complicité, heureux d'avoir réussi à décoder une autre énigme de leur grand-mère.

Ils reprirent leur route et s'arrêtèrent là où l'Upper Lake se divisait en plusieurs bras, formant des rivières qui sinuaient à travers la lande. Après avoir marché quelques minutes sur un petit sentier jonché de bruyères en fleurs, ils parvinrent au bord

---

[4] « Point de vue des Dames cadeaux nourriture boissons »

du lac et s'assirent sur d'énormes rochers appuyés sur la rive et qui se prolongeaient dans l'eau. Il se dégageait de ce paysage sauvage une impression de bout du monde. Les montagnes entouraient le lac, imposantes et sombres. Le silence était à peine troublé par le clapotis de l'eau. L'atmosphère invitait à la contemplation, au recueillement et à l'introspection. Ils étaient seuls au monde. Ils se sentaient minuscules face à l'immensité de cette nature indomptée. Il aurait été logique de se sentir un peu perdue dans un tel lieu et pourtant, Maureen avait l'impression d'être à sa place. Au contact de la pierre, elle se sentait connectée à cette nature d'une part, et à elle-même d'autre part. Le minéral, l'eau, l'air semblaient l'accueillir dans leur monde comme un élément à part entière. Elle se sentait ancrée à cet instant, à cet endroit. Ce n'était pas la première fois qu'elle éprouvait cette sensation depuis qu'elle était en Irlande. Mais chaque fois, elle ressentait la même émotion et la même certitude qu'elle était là où elle devait être.

Elle regarda Ayden installé un peu plus loin et vit qu'il était lui aussi absorbé par la contemplation du spectacle à la fois éblouissant et empreint de sérénité du panorama. Il n'avait plus rien du jeune homme taciturne et tourmenté qu'elle avait rencontré en arrivant en Irlande. Il semblait lui aussi plus apaisé. En paix avec lui-même. Il tourna la tête et lui sourit. Elle lui rendit son sourire. Il était temps de reprendre la route.

Quelques kilomètres plus loin, ils firent une halte pour aller contempler la Torc Waterfall, une cascade et ses chutes d'eau de dix-huit mètres de hauteur en pleine forêt, avant d'arriver au domaine de Muckross House, dont le magnifique manoir du XIXe siècle avait accueilli la reine Victoria en 1861. Les deux jeunes gens ne purent résister à l'envie de faire une balade en calèche à travers le domaine. Maureen posa sa tête sur l'épaule d'Ayden et se laissa porter par la beauté paisible des jardins et le claquement cadencé des sabots du cheval sur les chemins du parc.

Ils passèrent l'après-midi à sillonner le domaine de Muckross et le parc national avant de se rendre à Killarney pour assister au spectacle de danses et de chants irlandais indiqué dans la lettre de Nora.

L'hippodrome de Killarney était désert quand ils se garèrent non loin de l'entrée de la salle où se tenait le spectacle *Celtic Steps The Show*. Les deux jeunes gens étaient arrivés en avance et purent se reposer un peu avant d'entamer les sandwiches qu'ils avaient achetés à la boutique de Muckross House. Peu à peu, les spectateurs du show arrivaient. Maureen et Ayden se glissèrent rapidement dans la file d'attente pour être parmi les premiers à entrer. Ils pénétrèrent dans la salle plongée dans la pénombre et choisirent des places dans les premiers rangs pour pouvoir profiter pleinement du spectacle. Sur la scène, de grands kakemonos décorés de triskells et d'autres motifs celtiques étaient éclairés par les projecteurs, donnant le ton de la soirée.

Les musiciens firent enfin leur entrée sur scène sous les applaudissements du public. Cinq joueurs composaient le groupe : une violoniste avec son *fiddle*, un joueur de *bouzouki* irlandais, sorte de luth, un joueur de *tin whistle*, la flûte en cuivre irlandaise, un joueur de *bodhrán*, un instrument à percussion en peau de chèvre, et un pianiste. Une mélodie envoûtante s'éleva et plongea immédiatement les spectateurs dans l'ambiance, suivie d'une marche irlandaise plus rythmée correspondant à l'arrivée des danseurs qui interprétaient des « *jigs* » et des « *reels* », deux danses énergiques, rapides et techniques. Après cette introduction typique du folklore irlandais, le spectacle se poursuivit, découpé en plusieurs tableaux alternant musique, danses et chansons. Chaque scène retraçait un moment fort de l'histoire de l'Irlande en mettant à l'honneur un instrument ou un type de danse traditionnelle. C'était une succession d'airs vifs et entraînants ou de ballades nostalgiques et envoûtantes. Une scène capturait l'essence des concours de danse ou « *feiseannas* », comme on les appelle en Irlande, qui font partie depuis des siècles de la culture irlandaise. Une autre scène mettait à l'honneur la danse traditionnelle irlandaise « du balai » durant laquelle le danseur marquait le rythme rapide avec un balai et faisait des figures avec l'instrument. Un autre tableau faisait la part belle aux joueurs de *bodhrán* qui se lançaient des défis avec leurs tambours, encouragés par les cris des spectateurs. Pendant le show, deux styles de danses irlandaises étaient présentés. Alors que les femmes faisaient des démonstrations d'une danse gracieuse et élégante avec des chaussures souples (*ghillies* ou *soft shoes*), les hommes s'affrontaient en duels ou à plusieurs en réalisant des figures complexes qui témoignaient de toute la technicité de la danse irlandaise avec des chaussures dures (*hard shoes*) qui résonnaient comme des claquettes. Les jeux de jambes, les sauts et les claquements se succédaient à un rythme effréné qui enthousiasmait le public. Les danseurs – hommes et femmes – évoluaient avec aisance et agilité aux sons des rythmes endiablés ou plus mélancoliques. Emportés par l'ambiance et le rythme contagieux de la musique, des personnes du public se mettaient à danser dans les allées, pour le plus grand plaisir des musiciens.

    Maureen et Ayden goûtaient avec un plaisir non dissimulé à cette soirée traditionnelle qui éblouissait les yeux et les oreilles, mettant la joie au cœur de tous les participants, dans le public comme sur la scène. Le spectacle prit fin beaucoup trop tôt à leur goût et lorsqu'ils sortirent de la salle, les deux jeunes gens étaient d'humeur enjouée et détendue. Ils regagnèrent leur voiture en esquissant des pas de danse hasardeux et furent pris en même temps d'un fou rire incontrôlable. Maureen s'était appuyée sur la voiture en se tenant les côtes. Lorsqu'ils reprirent leurs esprits, ils se regardèrent avec complicité, les yeux pétillants de gaîté. Ayden réalisa qu'il n'avait pas ri d'aussi bon cœur depuis des années. Leurs mains se frôlèrent et l'amusement dans leurs regards fit place à un autre sentiment, plus intense. Ils se perdirent dans les yeux l'un de l'autre. Fascinés. Hypnotisés. Ayden rompit le contact en premier à regret, prenant sur lui pour ne pas céder à la tentation et ne pas faillir à ce qu'il s'était promis.

— Le brouillard commence à tomber. On devrait se dépêcher de rentrer, dit-il d'une voix sourde.

Un peu décontenancée, Maureen approuva de la tête et monta dans la voiture. Les quarante-cinq minutes du trajet jusqu'à Kenmare se passèrent en silence. Maureen observait son compagnon à la dérobée. Sa mâchoire était crispée et il était concentré sur sa conduite, les yeux rivés sur la route dangereuse plongée dans la nuit et noyée de nappes de brouillard. Il se dégageait de lui une séduction à laquelle la jeune femme avait de plus en plus de mal à résister. Ils n'avaient pas reparlé du baiser qu'ils avaient échangé à Dog's Bay, mais elle était convaincue que l'attirance qu'elle ressentait toujours envers lui était réciproque. Elle avait d'ailleurs bien cru qu'il allait l'embrasser sur le parking de l'hippodrome, mais il avait reculé. Maintenant qu'il n'y avait plus de quiproquo concernant leur lien de parenté, pourquoi résistait-il ?

Ils arrivèrent à leur B&B un peu après minuit et s'arrêtèrent devant les portes de leurs chambres respectives.

— C'était une super soirée, dit Ayden à voix basse pour ne pas réveiller la maisonnée.

— Oui. C'était vraiment super ! Ça fait du bien de se laisser aller comme ça. Il faudrait le faire plus souvent.

— J'adorerais me laisser aller avec toi quand tu veux. Je suis à ta disposition, répondit Ayden avec un regard intense et indéchiffrable.

Maureen baissa vivement les yeux et rentra dans sa chambre, troublée par l'ambiguïté des paroles du jeune homme.

Depuis un bon quart d'heure, Ayden était étendu sur son lit et essayait vainement de lire un roman policier, ses pensées convergeant irrémédiablement vers la jeune femme qui se trouvait dans la chambre mitoyenne à la sienne.

Soudain, il entendit toquer doucement à sa porte et il se leva pour aller ouvrir. Maureen se tenait devant lui, l'air indécis voire un peu gêné. Intrigué, il interrogea :

— Qu'est-ce que tu fais encore debout à cette heure-là ? Quelque chose ne va pas ?

Maureen contempla le torse nu et finement musclé du jeune homme au-dessus de son pantalon de survêtement, et une lueur de désir s'alluma dans ses prunelles vertes. Elle détourna le regard et tenta une diversion pour cacher son trouble.

— Je n'ai plus de dentifrice, tu peux m'en passer ? fit-elle en évitant de croiser les yeux du jeune homme.

Il s'effaça pour la laisser entrer dans la chambre et la scruta intensément d'un regard ardent. Il se souvenait que d'ordinaire, elle portait un grand tee-shirt pour dormir, mais ce soir elle était vêtue d'une nuisette en satin qui épousait chacune de ses courbes délicieuses. Lorsqu'il captura son regard, il vit les joues de la jeune femme s'empourprer et ses yeux qui lui envoyaient un message muet.

— Tu es sûre que c'est du dentifrice que tu es venue chercher ? murmura-t-il d'une voix basse et envoûtante, tandis qu'il se rapprochait d'elle jusqu'à ce que leurs corps se frôlent.

Maureen hésita un instant et, sans répondre, se hissa sur la pointe des pieds pour déposer un baiser léger sur ses lèvres. Ayden ne fit pas un geste, prolongeant avec délice le moment et faisant grandir la tension entre eux. Voyant qu'il ne réagissait pas, Maureen commença à faire demi-tour mais il posa vivement sa main sur le mur juste à côté d'elle, rendant impossible toute retraite.

— Qu'est-ce que tu veux exactement, Maureen ? demanda-t-il de sa voix caressante, un léger sourire aux lèvres.

La jeune femme, prisonnière de son bras et de son corps, sentit son souffle s'accélérer. Elle posa une main hésitante sur le torse souple du jeune homme. Elle remonta lentement jusqu'à sa nuque et plongea les doigts dans ses cheveux épais. Puis elle approcha son visage du sien et l'embrassa fougueusement en se serrant contre lui.

— Est-ce que c'est plus clair comme ça ? murmura-t-elle avec une lueur de défi dans le regard.

— Limpide, répondit Ayden en l'enlaçant sans retenue et en s'emparant avidement de ses lèvres offertes tandis que ses doigts parcouraient avec délectation le corps de la jeune femme. Enivré de son parfum et de désir, il la souleva dans ses bras et l'emporta sur le lit.

Lorsqu'il s'éveilla le lendemain matin, Ayden contempla Maureen endormie à côté de lui. Lui qui d'ordinaire ne voulait pas trouver une femme dans son lit au réveil, trouvait un plaisir simple et parfait à sentir la jeune femme allongée contre lui. Il écoutait le rythme tranquille de sa respiration et contempla le joli tableau qu'elle offrait à son regard. Il était subjugué par le contraste saisissant de ses cheveux roux qui cascadaient sur sa peau claire. Elle était allongée sur le ventre, le laissant se délecter du spectacle de son dos dénudé jusqu'à la chute de ses reins où le drap couvrait pudiquement l'arrondi de ses fesses. Cette vision suffit à enflammer les sens du jeune homme qui ne put résister à l'envie de promener sa main en une caresse légère le long de sa colonne vertébrale jusqu'à la frontière du tissu. Dérangée dans son sommeil, Maureen se retourna offrant ses courbes sensuelles au regard enflammé de son amant. Ayden sentit son pouls s'accélérer. Il céda à la tentation et se pencha pour déposer des baisers légers sur la peau douce de la jeune femme. Il souffla doucement sur la pointe de ses seins et les taquina de sa langue. Il guettait la moindre réaction de sa compagne, ne sachant si elle était encore endormie ou si elle commençait à s'éveiller. Il poursuivit son exploration sur son ventre et dessina le contour de son nombril du bout de sa langue. Un long soupir s'échappa des lèvres de la jeune femme dont les yeux demeuraient clos et Ayden sourit de contentement. Il continua à descendre plus bas effleurant de sa bouche les boucles fauves de son intimité. Il glissa sa langue dans les plis de sa moiteur féminine et explora avec lenteur et avidité chacun de ses replis. À présent bien réveillé, tout le corps de Maureen se cambra, s'offrant aux caresses humides de son amant. Passant la main sous fesses, Ayden accentua l'intensité et le rythme de ses caresses et la jeune femme s'abandonna tout entière dans un gémissement lorsqu'un plaisir intense la submergea. Ayden remonta chercher sa récompense sur les lèvres de la jeune femme tout en laissant une main caressante entre ses cuisses, satisfait de la sentir encore onduler contre lui.

Une fois son corps apaisé, Maureen ouvrit les yeux en s'étirant et ronronna comme un chaton repu de lait.

— Bonjour *mo mhilis*. Bien dormi ? demanda t-il d'un air malicieux.

— Bonjour bel irlandais. J'ai fait un très joli rêve, répondit-elle en mordillant sa lèvre inférieure, une lueur espiègle dans ses prunelles.

— Ah oui ?

— Oui. Mais je me suis réveillée et ce n'était que toi ! le taquina-t-elle d'un air faussement déçu.

Ayden éclata d'un rire franc devant autant d'effronterie.

— Désolé d'avoir mis fin à ton joli rêve. Puisque c'est comme ça, je vais prendre une douche.

Il se leva et lui lança un oreiller à la tête en guise de représailles. Il se dirigea vers la salle de bain et entendit dans son dos le rire cristallin et joyeux de la jeune femme. Son impertinence l'amusait et lui donnait une excuse pour la laisser. Il devait lutter contre le désir impérieux de la faire sienne mais il voulait que ce matin ne soit que pour elle. Il espérait qu'une bonne douche tiède mettrait fin à ses ardeurs.

Maureen resta quelques instants à savourer ce matin parfait. La nuit dernière avait été particulièrement agréable et surprenante à la fois. S'ils éprouvaient tous les deux un désir réciproque qu'ils avaient enfin assouvi, jamais elle n'aurait pensé qu'Ayden aurait été à la fois aussi ardent et aussi doux. Il avait pris son temps, s'était montré d'une infinie patience, réfrénant son désir pour privilégier le sien. Comme ce matin. Elle avait senti qu'il était attentif à ces moindres réactions, à chacune de ses attentes. Elle ne put s'empêcher de se demander s'il agissait de la même manière avec Sybil. Elle chassa rapidement cette pensée de son esprit, se leva et s'approcha silencieusement de la salle de bain. Elle poussa doucement la porte entrouverte et admira le corps merveilleusement sculpté de son amant qui ruisselait sous la douche. L'envie irrépressible de toucher sa peau la cueillit. Elle avança sur la pointe des pieds et rejoignit Ayden qui lui tournait le dos. Elle colla son corps contre ses fesses, encercla son buste d'un de ses bras tandis que son autre main caressait lentement sa hanche. Surpris, Ayden suspendit ses gestes et tout son corps frissonna sous les caresses de la jeune femme. Il ferma les yeux de plaisir et mit quelques instants avant de demander d'une voix qui se voulait détachée :

— Que me vaut cette agréable intrusion ? Tu étais pressée de prendre ta douche ?

— Tu me manquais, murmura Maureen alors qu'elle explorait désormais son corps audacieusement.

— Tu prends des risques *ceann dearg deas*[5].

Elle adorait quand il lui parlait irlandais. Sa voix était plus sourde, rauque et caressante. Il s'était exprimé ainsi à plusieurs reprises quand ils avaient fait l'amour, lui murmurant des mots

---

[5] « Jolie rouquine » en irlandais

qu'elle ne comprenait pas mais qui semblaient doux à ses oreilles.

— Ah oui ? Je ne vois pas de quoi tu parles, dit-elle d'une voix traînante en approchant sa main de son sexe érigé.

Ayden stoppa son geste en lui saisissant le poignet, craignant de ne pas pouvoir se contrôler si elle continuait. Il se retourna et enlaça la jeune femme, ses mains accrochant ses hanches pour les caler contre lui. Il s'enivra de son parfum et sa respiration se fit irrégulière tout comme celle de la jeune femme. Il referma une de ses mains sur son cou délicat puis s'inclina vers sa bouche et s'en empara avec ardeur. Tandis que les lèvres de la jeune femme s'ouvraient sous la caresse impérieuse de sa langue, il referma sa main libre sur son sein. Maureen se cambra sous sa caresse et il se pencha pour saisir de ses lèvres la pointe durcie qui se tendait vers lui. L'excitation déferla en elle et elle s'abandonna aux caresses du jeune homme. Désormais au comble de l'impatience, Ayden la poussa jusqu'à ce qu'elle s'appuie sur le mur de la douche. Il glissa un genou entre ses cuisses et l'entendit gémir. Il la fit monter sur la margelle du bac de douche, saisit sa jambe et l'accrocha autour de sa taille. Il l'embrassa fougueusement puis accrocha son regard et murmura d'une voix où perçait une volonté irrépressible :

— Je te veux. Maintenant.

— Moi aussi, répondit-elle faisant écho au désir du jeune homme.

Il se fondit en elle d'un vigoureux coup de reins, lui arrachant un petit cri de surprise.

— Je t'ai fait mal ?

Elle secoua la tête négativement et l'embrassa à son tour avec fièvre. Ayden se laissa emporter par le désir et commença à se mouvoir en elle, imprimant à son corps des va-et-vient de plus en plus intenses auxquels la jeune femme répondit en ondulant. Il ne put se retenir plus longtemps et fut terrassé par la jouissance qui lui arracha un cri. La tête dans le creux du cou de Maureen, étourdi, il lui murmura des mots mêlant l'irlandais et l'anglais dont il n'avait même pas conscience, songeant qu'aucune sensation n'avait auparavant égalé celle qu'il éprouvait à faire l'amour à cette femme aussi tendre que passionnée.

Une fois leur petit-déjeuner avalé, ils étaient parés pour attaquer le programme de la journée, à savoir parcourir « l'anneau du Kerry », une boucle de 180 kilomètres autour de la péninsule d'Iveragh. L'une des plus belles route panoramique d'Irlande offrait un décor de splendeur sauvage entre vues imprenables sur l'océan, montagnes et falaises accidentées, plaines verdoyantes et plages paradisiaques. Ils firent une première halte dans le village de Sneem, traversé par la rivière du même nom qui se jette dans la baie de Kenmare. Le beau temps n'était pas eu rendez-vous et les deux jeunes gens en profitèrent pour faire le tour des petites boutiques et acheter quelques souvenirs. Maureen jeta son dévolu sur de magnifiques pulls en pure laine vierge des îles d'Aran tandis qu'Ayden optait pour une casquette irlandaise à l'attention de son grand-père. Ils ressemblaient à un véritable couple de touristes, se promenant main dans la main et échangeant à tout moment des baisers langoureux.

Ils reprirent leur route en longeant la côte. Le soleil avait refait son apparition dans un ciel d'azur, ravivant les couleurs d'un panorama de toute beauté, tantôt teinté des nuances de vert des prairies ou du bleu de l'océan, suivant que la N70, qui faisait le tour de l'anneau du Kerry, s'éloignait ou se rapprochait du trait de côte. Ils avaient prévu de déjeuner à Waterville, une petite station balnéaire de la péninsule d'Iveragh, mais c'était sans compter la découverte d'un petit coin de paradis au détour d'un virage. Là où la route côtoyait l'océan, des voitures et un car de tourisme étaient garés sur le bas-côté. Intrigués, Maureen et Ayden rejoignirent les véhicules stationnés. À peine descendus de voiture, ils comprirent la raison de cet attroupement. Le point de vue sur la petite plage de Brackaharagh était tout simplement enchanteur. Elle était enchâssée dans une petite crique et ainsi naturellement protégée du vent. Ses eaux claires et turquoises étaient un ravissement pour les yeux et donnaient immanquablement envie d'y plonger. À l'endroit où la mer venait se briser sur les rochers qui affleuraient à la surface, l'écume projetait des gerbes blanches qui contrastaient avec les couleurs intenses du camaïeu de bleu de l'océan. Face à la plage, de l'autre côté de la baie, on apercevait les courbes majestueuses des montagnes de la péninsule de Beara.

Maureen était encore une fois subjuguée par la beauté du paysage et ne put s'empêcher d'immortaliser le lieu avec son téléphone portable. Ayden, lui aussi sous le charme de l'endroit, se rapprocha du bout de l'espace de stationnement et avisa de grandes planches de bois plantées verticalement dans le sol et sur lesquelles étaient fixées des lettres formant le mot « The Cove ». Au-dessous figurait le menu d'un restaurant. Il tourna la tête vers les abords de la plage puis revint vers sa compagne qui ne pouvait pas détacher les yeux du spectacle éblouissant du panorama et annonça d'un ton enjoué :

— Je crois que j'ai trouvé un endroit pour déjeuner qui devrait te plaire.

Maureen le regarda avec étonnement, saisit la main qu'il lui tendait et le suivit le long d'un chemin qui menait à la plage et aux restaurants qui la bordaient. Le O'Carroll's Cove avait une vue imprenable sur la plage et l'océan. Ils entrèrent et furent accueillis par une serveuse qui leur demanda s'ils souhaitaient manger à l'intérieur ou sur la terrasse couverte. Avec la vue dont bénéficiait le restaurant, la question parut complètement saugrenue à Maureen qui resta sans voix, tandis qu'Ayden répondait pour elle. La serveuse les conduit à une table située au plus près de la vue sur la plage. Seule une petite vitre de protection les séparait du sable blanc. Le déjeuner se révéla aussi exceptionnel pour les papilles que le décor pour les yeux.

Une fois leurs estomacs satisfaits, ils poursuivirent leur route sur l'anneau du Kerry. Ils firent un petit détour sur la jolie plage de Derrynane Beach située à peine à dix minutes du restaurant, puis reprirent la direction de Waterville bordée d'un côté par l'océan et de l'autre par le lac Currane. Cette partie du Kerry était une succession de plages idylliques. Derrynane, Rossbeigh et St Finian's Bay comptait parmi les plus belles d'entre elles. L'après-midi était déjà bien avancé et ils décidèrent de retourner vers Kenmare en passant par le Gap of Dunloe, un col de montagne pittoresque extraordinaire. Le contraste était saisissant avec le bord de mer qu'ils avaient quitté. La route étroite dont les côtés étaient jonchés d'énormes blocs de pierre serpentait entre les montagnes abruptes à la roche argentée. Ils se trouvaient à présent dans un milieu plus hostile mais fascinant. Ils durent s'arrêter pour laisser passer un troupeau de moutons qui traversait la route avant d'arriver au célèbre pont de pierre Wishing Bridge, situé entre les lacs Coosaun Lough et Black Lake dont les eaux scintillaient au soleil. Le décor à cet endroit était exceptionnel tant par sa splendeur que par sa rudesse et son isolement. Ils terminèrent ainsi en beauté leur périple autour du « *Ring of Kerry* » et reprirent la route de Kenmare.

L'expression « en prendre plein les yeux » avait vraiment pris toute sa mesure avec les découvertes de la journée qui avait été bien remplie et riche en souvenirs et en images que Maureen n'était pas près d'oublier. Un peu fatigués par la route, ils dînèrent de bonne heure et rejoignirent leur maison d'hôte assez tôt dans la soirée. Ayden accompagna Maureen jusqu'à la porte de sa chambre. Il désirait plus que tout poursuivre la soirée en sa compagnie mais comme la jeune femme ne l'invitait pas à entrer, il déposa sur ses lèvres un baiser léger avant de lui souhaiter une bonne nuit. Il regarda la porte se refermer et regagna sa propre chambre avec regret.

Maureen mourait d'envie de rejoindre son compagnon. Mais elle se dit qu'elle s'était déjà montrée entreprenante la veille et elle ne voulait pas paraître insistante. Elle s'installa donc sur le lit, prit un magazine posé sur une table et tenta de s'intéresser à un article consacré à Kenmare, la petite ville où ils logeaient. Distraite, elle n'arrivait pas à se concentrer et relisait pour la troisième fois consécutive la même phrase sans en retenir quoi que ce soit. Elle allait attaquer sa quatrième lecture quand on frappa à sa porte. Elle leva les yeux, le cœur battant, jeta son journal sur la table de nuit et se précipita hors du lit. Elle respira un grand coup avant d'ouvrir et de faire face à Ayden qui se tenait devant elle, les yeux étincelants.

— Je me demandais si tu avais du dentifrice à me passer ? fit-il avec un sourire espiègle.

Maureen, ravie, éclata de rire et l'attrapa par sa chemise pour l'entraîner à l'intérieur de la chambre en murmurant entre deux baisers :

— Idiot !

Maureen était lovée contre Ayden, et laissait ses doigts parcourir avec légèreté la peau de son amant.

— Je peux te poser une question ?

— Si tu veux.

— Il signifie quoi ton tatouage ?

Ayden embrassa la main de la jeune femme dont les doigts fins caressaient son épaule à l'endroit où l'encre marquait sa chair.

— Je l'ai fait faire après la mort de mes parents. Pour moi il signifie plusieurs choses, pas forcément la signification exacte du Triquetra. C'est le passé, le présent et le futur. C'est aussi mon père, ma mère et moi. L'unité, l'équilibre et l'harmonie que

je souhaitais retrouver. Mais également la vie, la mort et la renaissance.
— Je comprends.
— Et pour toi ? Qu'est-ce qu'il signifie ? demanda-t-il en prenant entre ses doigts le pendentif que Maureen portait autour du cou.
— Pour moi, c'est un symbole d'harmonie et de protection. J'ai toujours pensé aussi qu'il représentait ma grand-mère, ma mère et moi. C'est un symbole de divinité féminine à l'origine. Ma mère me parlait rarement de Nora et je me suis souvent interrogée sur elle. Le pendentif c'est une façon de recréer un lien entre nous trois je suppose. J'aime aussi cette notion d'infini, d'interconnexion entre les éléments de la nature, les étapes de la vie ici-bas et dans l'au-delà.
— Je vois ce que tu veux dire. Une forme de spiritualité, de recommencement.
— Oui en quelque sorte. Tu avais remarqué que je portais le même symbole que toi ?
— Dès le premier jour où je t'ai vue. Au moment du dîner. Tu avais les cheveux encore humides et une mèche collait à ton joli cou autour duquel pendait ce collier.
— Alors comme ça tu m'as étudiée pendant toute la soirée ? Moi qui pensais que tu étais en colère.
— L'un n'empêchait pas l'autre, répondit Ayden en souriant et en relevant le menton de sa compagne pour y déposer un tendre baiser.
— Une autre signification pourrait aussi te correspondre. L'eau, la terre et le feu. Les éléments qui font le whiskey irlandais ! Lança-t-elle un brin moqueuse.
— Et, mais tu as tout à fait raison ! approuva Ayden.
Ils éclatèrent de rire en même temps.
— Moi aussi je peux te poser une question ?
Maureen acquiesça d'un signe de tête.

— Pourquoi tu m'as lancé ce regard noir en entrant dans le bureau du notaire ? Note bien que cela ajoutait à ton charme mais je n'en ai pas compris la raison. Je n'avais pas encore été désagréable avec toi à ce moment-là, remarqua-t-il songeur.
— Oh mais bien sûr que si ! Un malotru de la pire espèce qui venait de me piquer ma place de stationnement ! s'indigna-t-t-elle avec véhémence.
— Quoi ? À cause d'une place de parking ? Je ne t'avais même pas vue. Il faut dire que ce jour-là j'avais la tête ailleurs. Tu me pardonnes ?
— Humm. Je ne sais pas. Il faudrait que tu sois très gentil avec moi, minauda-t-elle.
— Gentil comment ? demanda-t-il en la retournant sur le lit et en faisant pleuvoir une pluie de baisers sur la peau délicate de son cou.
— Je crois que tu es sur la bonne voie, dit-elle dans un souffle en fermant les yeux, tandis qu'Ayden poursuivait avec ses lèvres l'exploration sensuelle du corps de son amante.

La nuit avait été courte mais ils avaient fini par s'endormir au petit matin. Ayden n'avait pas encore ouvert ses paupières mais il ne sentait plus la présence du corps chaud et doux de sa compagne à ses côtés. Il parcourut de son bras la place vide près de lui et poussa un soupir de déception. Maureen était déjà levée. Il ouvrit les yeux et tendit l'oreille. Il entendit l'eau couler dans la salle de bain. L'idée de la rejoindre lui effleura l'esprit mais il préféra laisser à la jeune femme un peu d'intimité. La pensée de l'eau ruisselant sur son corps nu acheva de le réveiller et il chercha un moyen de chasser cette idée de sa tête afin de ne pas céder à la tentation. Il avisa sur une table de chevet un journal et entreprit la lecture d'un article sur Kenmare et ses alentours.

Maureen revint dans la chambre, une serviette enroulée autour de ses seins qui lui arrivait à mi-cuisse, des mèches de cheveux humides s'échappant d'un chignon improvisé. Ayden leva les yeux du journal et une lueur gourmande alluma son regard. Décidément, quelles que soient l'heure ou sa tenue, la jolie petite rousse le mettait en appétit.

— Ça y est, tu es réveillé ? Tu étais fatigué de ta nuit agitée ? le taquina-t-elle.

— Agitée ? C'est comme ça que tu vois les choses ? J'aurais plutôt dit torride et voluptueuse à souhait.

— C'est que Monsieur est poète après une nuit d'ébats !

— Que veux-tu, tu m'inspires, renchérit-il en souriant. Tu as lu le journal ? Demanda-t-il en changeant de sujet et en tendant l'article à la jeune femme.

— J'ai vaguement essayé de le lire hier soir mais je n'arrivais pas à me concentrer. Pourquoi ?

— Parce que je crois que c'est la clé de la dernière énigme de la lettre de Nora, annonça-t-il fièrement.

— Quoi ?! s'exclama Maureen en sautant sur le lit et en lui arrachant le magazine des mains. Où ça ? demanda-t-elle en parcourant avidement des yeux les paragraphes.

— Ici, précisa le jeune homme en pointant du doigt un article sur Kenmare et son cercle de pierres, tandis qu'il profitait de la vue sur l'arrondi du postérieur de sa compagne, étendue sur le ventre en travers de ses jambes et dont la serviette avait glissé quand elle s'était jetée sur lui pour lui prendre le journal.

— Oh, bon sang ! Comment ça a pu m'échapper ?! fit-elle avec enthousiasme et stupéfaction.

Elle lut que Kenmare en irlandais signifiait « petit nid ». Dans sa lettre, Nora espérait qu'ils trouveraient leur *« petit nid d'amour et de quiétude où bâtir leur vie »*. Sans avoir décodé cette partie de la lettre de leur grand-mère, Maureen et Ayden avaient choisi une chambre d'hôte à Kenmare, le « petit nid » en question. Hasard ou coïncidence ? Même si ce n'était pas ici que Maureen prévoyait de bâtir sa vie, peut-être ce lieu et ce qui s'était passé entre eux était-il le début de quelque chose ? Elle se souleva sur un coude, leva les yeux et plongea dans ceux, captivants et insondables, de son amant qui l'observait. Elle n'eut pas le temps de s'interroger plus longtemps sur la signification de ce regard énigmatique qu'Ayden achevait de la retourner sous lui pour plaquer sur ses lèvres un baiser brûlant.

Ils avaient paressé au lit toute la matinée et sauté le petit-déjeuner, préférant se rassasier l'un de l'autre avec avidité. Toutefois, lorsque midi approcha, ils pensèrent qu'il était temps de contenter également leurs estomacs en plus de leurs sens. Ils déjeunèrent dans un petit restaurant de Kenmare sur Main Street puis décidèrent de poursuivre leur visite en se rendant au Kenmare Stone Circle.

Ce cercle de pierres figurait parmi l'un des plus grands d'Irlande. Ils empruntèrent un petit sentier qui menait à une sorte de clairière où quinze mégalithes s'élevaient pour constituer un cercle de plus de quinze mètres de diamètre avec, en son centre, un autre bloc de pierre de dimension supérieure supposé servir d'autel pour des rituels du temps du néolithique. Le cercle était orienté vers le soleil couchant. La disposition des blocs de pierres était impressionnante et ne relevait pas du hasard à en juger par l'espacement régulier entre chaque bloc.

Maureen fut immédiatement intriguée et fascinée par ce lieu. Par le passé, elle avait visité le site remarquable de Carnac en Bretagne qui datait de la même époque que le Stone Circle de Kenmare, mais les menhirs y étaient alignés et non disposés en cercle. Les deux jeunes gens firent le tour du cercle pour mieux en appréhender la dimension. Le lieu dégageait une part de mystère et même les visiteurs les plus cartésiens ne pouvaient s'empêcher de ressentir, si ce n'est une ambiance mystique, tout du moins l'impression d'être face à quelque chose d'impénétrable et d'énigmatique que même les historiens avaient du mal à expliquer. Les hypothèses émises évoquaient des rites funéraires, des lieux de culte liés au soleil ou à la lune, ou encore des points d'observation astronomique. La littérature et la fiction avaient fait de ces endroits des lieux magiques, théâtres de rituels destinés à honorer les défunts ou les saisons, ou des lieux de passage entre différents mondes comme la vie et la mort ou le passé et le présent.

Maureen se sentit attirée par le mégalithe au centre du cercle et ne put résister à l'envie de poser la main sur la pierre. Un courant d'air froid la fit frissonner. Elle leva les yeux et vit les branches d'une aubépine située près du cercle de pierres se balancer subitement. Un petit panneau d'information indiquait que l'aubépine était considérée comme un arbre magique et, dans la mythologie celtique, l'un des arbres les plus sacrés, symbole d'amour et de protection. L'aubépine était également appelée « Fairy tree » (l'arbre aux fées) car elle représentait un lieu de rencontre entre le monde des mortels et celui des fées. Les branches de l'arbre étaient recouvertes de présents laissés par les visiteurs dans l'espoir de recevoir la guérison, la chance ou de voir leurs souhaits exaucés.

Maureen ne pouvait détacher ses yeux des feuilles qui s'agitaient, semblant animer l'aubépine d'une vie propre alors que les autres arbres et buissons alentour étaient immobiles. Le souffle du vent résonnait à ses oreilles et il lui sembla entendre les notes d'une mélodie qu'elle connaissait bien. La chanson de Nora. Elle pâlit et sentit ses jambes flageoler.

— Maureen ? Tu te sens bien ? s'inquiéta Ayden en passant son bras autour de la taille de la jeune femme.

— Oui, ça va. Juste un petit étourdissement, le rassura-t-elle avec un sourire. Tu as entendu ?

— Quoi donc ?

Elle reporta son regard sur l'arbre aux fées immobile. Le vent avait cessé et la musique s'était tue. Sûrement son imagination.

11. Bloomsday

Les deux amants n'avaient pas envie de mettre fin à leur voyage et décidèrent de repousser encore un peu leur retour à Loughinch House. Ils quittèrent Kenmare et longèrent la côte jusqu'à Cork en savourant chaque instant. Chaque jour qui passait renforçait une complicité qui n'avait fait que grandir depuis le premier jour de leur rencontre. Ayden ne se lassait pas de contempler la jeune femme aux cheveux de feu qui était parvenue à le sortir de son enfermement. Elle l'amusait et le charmait tout à la fois. Sous sa fragilité et son apparence de femme-enfant se cachait une force et un caractère impétueux qui le séduisaient. Il avait envie de protéger et de rassurer l'enfant. Il désirait intensément la femme, et s'abandonnait sans retenue à sa sensualité toute en pudeur dans leurs nuits sans sommeil.

Maureen ne regrettait pas d'avoir fait la connaissance du séduisant irlandais et d'avoir cherché à savoir ce qui se cachait derrière son apparente retenue. Sous son armure d'hostilité, elle avait découvert un homme aux blessures encore intactes, mais également un être droit et honnête, sensible et profondément attaché à son pays et à sa famille. Elle voyait et avait envie de rassurer l'adolescent qui avait perdu ses parents de façon si dramatique et succombait à la séduction virile de l'homme adulte qu'il dégageait. Il se révélait la nuit à l'image de ses contradictions. Il se montrait passionné et impérieux, et en même temps tendre et attentionné.

Ces derniers jours sur le Wild Atlantic Way passèrent comme un éclair et ils reprirent à regret la route de Galway.

Lorsqu'ils franchirent les grilles de Loughinch House en cette fin d'après-midi, Maureen et Ayden étaient silencieux et partagés dans leurs sentiments. Certes, ils étaient heureux de retrouver le manoir et ses occupants, mais cela signifiait également la fin prochaine de leur périple à travers l'Irlande rien que tous les deux. Même s'il leur restait à visiter Dublin, le départ de Maureen pour la France était imminent et, l'un comme l'autre, ils appréhendaient ce moment.

En arrivant sur le parvis, ils virent que des tables avaient été dressées dans le jardin devant la maison et que l'effervescence régnait.

— Je ne pensais pas qu'il le ferait cette année vu les circonstances, fit Ayden d'un ton un peu surpris.

— Faire quoi ? demanda Maureen intriguée.

— Fêter le Bloomsday.

Devant le regard interrogatif de la jeune femme, il expliqua :

— C'est une fête irlandaise qui célèbre la vie de l'écrivain James Joyce. Elle a lieu tous les 16 juin, notamment à Dublin où les gens s'habillent comme à l'époque du héros de Joyce, Léopold Bloom, dans son livre *Ulysse*. Joyce était l'écrivain préféré de Nora et elle organisait toujours cette fête à Loughinch House. Elle faisait une sorte de garden-party au cours de laquelle il y avait une lecture d'un texte qu'elle avait choisi et le soir il y avait une soirée dansante, un bal si tu préfères. Je ne savais pas que Lochlan avait l'intention de perpétuer cette tradition.

Ayden gara la voiture devant l'escalier en pierres et ils descendirent de voiture. Ils furent accueillis par Shelby qui leur

sauta littéralement dessus en distribuant à l'un et à l'autre des coups de langue avec une joie débordante.
— Ça va, ça va mon grand ! On t'a manqué on dirait ! s'exclama Ayden en riant et en caressant son chien.
Shelby se jeta sur Maureen et faillit la renverser d'enthousiasme.
— Mais oui, toi aussi tu nous as manqué mon loulou ! fit la jeune femme en câlinant le chien visiblement ravi de la revoir.
Lochlan contemplait la scène en souriant et en observant les deux jeunes gens. Maureen était toujours aussi enjouée et radieuse, Ayden lui, était détendu et épanoui, ce qui n'était pas dans ses habitudes. Manifestement, ce voyage lui avait fait le plus grand bien et, à en juger par le regard qu'il échangea avec la jeune femme, leur complicité s'était renforcée. Mais dans quelle mesure ? s'interrogea le grand-père d'Ayden.
— Je suis heureux de vous retrouver les enfants ! les accueillit-il à bras ouverts. Alors cette découverte de l'Irlande ? demanda-t-il à Maureen.
— Magnifique ! C'était au-delà de ce que j'avais imaginé ! Je suis vraiment tombée amoureuse…de votre pays, se hâta-t-elle d'ajouter en jetant un coup d'œil à Ayden en rougissant.
Cette petite phrase et son regard n'échappa ni à l'un, ni à l'autre des deux hommes.
— Et toi ? Ça t'a profité aussi on dirait, dit Lochlan en s'adressant à son petit-fils.
— J'avoue que j'ai beaucoup apprécié de redécouvrir mon pays. Tu avais raison, sortir de Loughinch était une excellente idée. J'avais besoin de cette bouffée d'air et avec l'enthousiasme de Maureen, c'était difficile de ne pas apprécier chaque lieu et chaque paysage.
Le regard perspicace de Lochlan passa de l'un à l'autre. Manifestement, il s'était passé pas mal de choses durant ce voyage.

— Alors tu as décidé de maintenir le Bloosmday à ce que je vois ? interrogea Ayden en changeant de sujet.

— Oui. Je me suis dit que ce serait un bel hommage à rendre à Nora qui adorait cette fête. Je suis convaincu que c'est ce qu'elle aurait voulu. Tu ne crois pas ?

— Tu as raison. Elle aurait adoré, approuva son petit-fils avec un sourire chaleureux.

— Bien. Je vais vous laisser vous installer et vous rafraîchir un peu et on se retrouve pour dîner ? suggéra Lochlan.

Les deux jeunes gens acquiescèrent et se dirigèrent vers l'escalier menant aux chambres.

Après avoir pris une bonne douche et s'être allongée un peu, Maureen répondit au message de son amie Nolwenn pour confirmer son vol retour du 20 juin. Elle descendit ensuite et trouva Lochlan dans le salon en train de lire le journal.

— Ah te voilà ! Oh, désolé de t'avoir tutoyée, c'est venu naturellement. Pas trop fatiguée par ce périple ?

— Vous pouvez me tutoyer, ça ne me dérange pas. Bien au contraire. Je suis un peu fatiguée, mais ça valait vraiment le coup. Les paysages sont à couper le souffle. J'ai retrouvé un peu de ma Bretagne à certains endroits en bord de mer. Mais ce qui est singulier c'est d'avoir au même endroit la mer et les plages paradisiaques, des prairies juste derrière les dunes et les montagnes qui surplombent l'ensemble. La mer à la montagne ! conclut-elle avec enthousiasme.

— Je suis ravi que tu sois conquise par mon pays, enfin ton pays aussi, souligna Lochlan.

Maureen sourit à cette remarque. Oui, elle se sentait chez elle en Irlande et quitter l'île verte allait être un véritable crève-cœur. Pas uniquement à cause de la beauté époustouflante de ses paysages, mais aussi parce qu'elle y avait trouvé une famille. Et Ayden. Et d'ailleurs, où était-il passé ?

— Où est Ayden ? Il ne dîne pas avec nous ?

— Si, bien sûr ! Il ne devrait pas tarder. Il est passé à la distillerie voir si tout allait bien. Il n'a pas pu s'en empêcher.

À peine eut-il fini sa phrase qu'ils entendirent la porte d'entrée s'ouvrir et le jeune homme fit son entrée dans le salon.

— Tu es rassuré ? Tout s'est bien passé en ton absence ? le railla gentiment Lochlan.

— Je n'en doutais pas, mais c'était mon devoir d'y jeter un coup d'œil.

Il croisa le regard de Maureen et demanda :

— Alors, de quoi parliez-vous ?

— Maureen me racontait votre voyage et me disait combien notre pays lui avait plu.

Leur conversation fut interrompue par Molly qui annonça que le repas était prêt. Ce soir, ils dîneraient tous ensemble dans la cuisine avec Molly et Seamus.

La soirée fut agréable et animée. Maureen et Ayden racontèrent leur périple tandis que Molly les harcelait de questions. Les jeunes gens se plièrent volontiers à sa curiosité et Ayden ne manqua pas de donner des détails croustillants en racontant comment Maureen avait chanté et dansé au pub à Roundstone, et un peu abusé des pintes de bière. La jeune femme essaya de se justifier joyeusement :

— Mais ça donne soif de danser ! Je ne pensais pas que ça me tournerait la tête aussi vite ! J'étais un peu guillerette, c'est tout.

Tout le monde s'esclaffa autour de la table.

— Guillerette, c'est ça ! Je confirme que mademoiselle la Bretonne ne tient pas la bière irlandaise mais ça la met en voix pour entamer à tue-tête *Ireland's call* !

Les regards surpris et enjoués des convives se tournèrent vers Maureen qui sentit le rouge lui monter aux joues.

— Ayden ! Tu avais promis de ne rien dire ! le rabroua-t-elle en le foudroyant du regard. Mais devant les yeux pétillants de gaieté du jeune homme, elle se mit à rire à son tour.

— Il va falloir nous faire une démonstration, lança Seamus, grand fan de l'équipe du rugby irlandaise.

— Non, non, c'est hors de question ! protesta Maureen mais toute la tablée se rangea du côté de Seamus en réclamant la chanson.

— Toi tu me le paieras ! menaça la jeune femme à l'encontre d'Ayden qui la regardait les yeux brillants de malice.

Elle se leva et le silence se fit. Elle se racla la gorge.

— Je veux bien commencer mais vous chanter avec moi, OK ?

Tout le monde acquiesça vigoureusement et les premières notes d'*Ireland's call* raisonnèrent gaiement dans la cuisine de Loughinch House. À la fin de la chanson, Seamus, emporté par un élan de ferveur patriotique, se leva la main sur le cœur et prit Maureen dans ses bras. Il lui claqua deux bises retentissantes sur les joues, ce qui fit éclater de rire Molly, Ayden et Lochlan. Il fallut quelques instants pour que l'euphorie retombe et que les rires se calment.

Lochlan afficha tout à coup un air sérieux et s'adressa à Maureen.

— Maureen, je voulais te demander quelque chose. Tu es libre de refuser bien sûr, mais je serais très heureux si tu acceptais.

Devant ce préambule, tous les regards intrigués se tournèrent vers Lochlan qui expliqua :

— Voilà. À chaque Bloomsday, c'était Nora qui inaugurait la fête en lisant un texte de James Joyce qu'elle avait choisi. Et j'aimerais beaucoup que ce soit toi qui le fasses cette année.

Comme Maureen restait sans voix, il poursuivit :

— Ce serait une merveilleuse façon de t'accueillir officiellement dans la famille et de rendre hommage à Nora. Elle aurait été tellement fière et heureuse que sa petite-fille lui succède, ajouta-t-il d'une voix troublée.

— Je trouve que c'est une excellente idée, approuva Ayden, touché lui aussi.

Maureen abasourdie regarda Molly qui sortait son mouchoir en reniflant et croisa les yeux de Lochlan et Ayden, remplis d'espoir et de confiance.

— C'est très gentil à vous et c'est un honneur mais je ne sais pas si c'est vraiment approprié, si je serai à la hauteur. Et devant tous ces gens qui connaissaient Nora et moi je suis une étrangère, parvint-elle à bredouiller en proie à une vive émotion.

Ayden posa la main sur la sienne et chercha son regard.

— Tu n'es pas une étrangère. Tu es la petite-fille de Nora et tu as énormément de choses en commun avec elle. Tu as la même joie de vivre, le même enthousiasme et la même chaleur humaine qu'elle avait. Tu es sa digne héritière et personne ne pourra le contredire.

— Je n'aurais pas dit mieux mon garçon, renchérit Lochlan.

Molly et Seamus confirmèrent silencieusement d'un signe de tête. Maureen était à la fois touchée et désemparée. Elle hésitait encore quand Ayden abattit sa dernière carte.

— Et puis tu es habituée à lire en public me semble-t-il.

— Devant des enfants ! se défendit Maureen.

— Justement, c'est un public très exigeant dont il faut capter l'attention, argua-t-il sans lui laisser de répit.

Maureen leva les yeux au ciel et répondit :

— Tu ne me laisseras pas refuser, n'est-ce pas ?

— Sauf si tu as une excellente raison, mais je n'ai rien entendu de tel, la taquina-t-il gentiment.

— Ayden a de bons arguments mais tu as le droit de dire non bien sûr. Je comprendrais parfaitement. Mais nous serions tous vraiment heureux que tu acceptes, conclut Lochlan.

Maureen parcourut du regard les quatre personnes suspendues à ses lèvres. Elle ne pouvait pas les décevoir.

— Bon c'est d'accord ! Je le fais pour Nora.

Molly éclata en sanglots tandis que Lochlan et Ayden affichaient un air satisfait et ému.

— Mais vous ne viendrez pas vous plaindre si je bafouille, marmonna Maureen pour cacher son trouble.

Au fur et à mesure que les invités arrivaient en ce 16 juin ensoleillé, la tension et la nervosité de Maureen montaient d'un cran. Elle avait passé une partie de la soirée de la veille dans la bibliothèque pour trouver le texte qu'elle lirait pendant la fête. Ayden l'avait rejointe et avait proposé de l'aider. Devant son indécision et la difficulté de trouver un passage dans un livre qu'elle n'avait pas forcément lu, il avait émis l'idée d'un poème. Joyce était surtout connu pour ces romans comme *Ulysse* ou *Portrait de l'artiste en jeune homme* et son recueil de nouvelles *Les gens de Dublin*, mais c'était aussi un poète précoce et talentueux. Séduite par l'idée, elle avait emporté dans sa chambre un recueil de ses poèmes, bien décidée à trouver celui qui l'inspirerait pour le lendemain. Elle avait mis gentiment Ayden à la porte pour pouvoir se concentrer sur sa lecture. Conscient de sa nervosité, le jeune homme n'avait pas insisté et l'avait laissée pour aller promener Shelby. Il avait fait une grande balade avec son fidèle compagnon et quand il était rentré une heure plus tard, il avait vu de la lumière filtrer sous la porte de la chambre de Maureen. Il avait toqué et appelé doucement mais aucune réponse ne lui était parvenue. Après un instant d'hésitation, il avait tourné la poignée de la porte et avait trouvé la jeune femme endormie, le recueil de poèmes ouvert reposant sur la couverture. Il avait pris le livre et l'avait posé sur la table de nuit, puis il avait remonté la couverture sur la jeune femme et avait déposé un baiser léger sur sa joue en murmurant :

— Bonne nuit, *mo mhilis*. Fais de beaux rêves.

Il avait éteint la lumière et était sorti sans bruit de la chambre.

Le buffet était très appétissant mais Maureen était incapable d'avaler quoi que ce soit, en proie à une agitation palpable. Ayden la rejoignit avec une assiette.

— Tu devrais manger quelque chose sinon tu risques de t'évanouir vu ton état d'énervement.

— Ce n'est pas drôle, répliqua-t-elle entre ses dents. J'aimerais bien t'y voir.

— Je ne me moquais pas, voyons. Je te trouve très courageuse et je te remercie d'avoir accepté pour Nora, dit-il d'une voix douce. Mais ne rien manger ne va pas arranger les choses.

Maureen le regarda et vit qu'il était sincère.

— Désolée. Je suis vraiment nerveuse. Il me faudrait plutôt un truc à boire, fort de préférence.

— Je ne crois pas que ce soit une bonne idée vu ta façon de tenir l'alcool, plaisanta-t-il avec un sourire malicieux et complice.

Maureen ne put s'empêcher de lui rendre son sourire et piocha un petit sandwich dans l'assiette qu'il lui tendait.

— Tout va très bien se passer. Je viendrai avec toi.

Ayden leva la tête et son attention fut attirée de l'autre côté du buffet.

— Je te laisse quelques instants. J'ai un truc à faire.

Maureen le regarda s'éloigner et vit qu'il se dirigeait vers quelqu'un, une femme. Troublée, elle reconnut Sybil. Elle essaya de voir ce qui se passait entre eux mais ils s'éloignèrent et elle les perdit de vue. Quelques minutes plus tard, elle vit Lochlan qui se plaçait derrière un petit pupitre pour prendre la parole. Le moment était venu. Au comble de la nervosité, elle s'approcha à son tour et attendit que Lochlan commence à s'exprimer.

— Bonjour à tous ! Je vous remercie d'avoir répondu si nombreux à mon invitation à célébrer le Bloomsday à

Loughinch House. Comme vous le savez, cette année est particulière puisque ma chère Nora ne sera pas à mes côtés pour vous accueillir et vous faire la lecture de son écrivain préféré. J'ai longtemps hésité avant de savoir si je devais ou non organiser ce jour de fête en son absence. Et je me suis dit que c'est ce qu'elle aurait voulu. C'est aussi la meilleure façon de perpétuer sa mémoire et de lui montrer combien nous l'aimons, dit-il d'une voix étranglée, sous les applaudissements des invités.

— Nora n'aurait pas voulu que nous soyons tristes, d'autant que nous avons une raison de nous réjouir puisque sa petite-fille, Maureen, nous a fait le grand bonheur de venir nous rendre visite depuis la France et qu'elle a accepté de nous lire un texte comme le faisait sa grand-mère. Je suis sûr que vous lui ferez un bon accueil. Merci d'applaudir chaleureusement Miss Maureen Le Guen.

Maureen répondit au sourire de Lochlan et prit sa place derrière le pupitre. Elle leva la tête et vit tous les regards braqués sur elle. Elle était seule face à ses personnes inconnues et aurait donné n'importe quoi pour pouvoir s'enfuir à toutes jambes. Ayden avait dit qu'il viendrait avec elle mais il n'était pas là et elle se sentait abandonnée. Elle prit une profonde inspiration et ferma les yeux un instant. Elle sentit tout à coup une main ferme et réconfortante au creux de ses reins et une voix familière murmura à son oreille :

— Imagine que ce sont les enfants de ton atelier en Bretagne et raconte-leur une histoire.

Une vague de chaleur envahit la jeune femme. Elle ouvrit les yeux et sourit, puis hésita un instant et replia le papier sur lequel elle avait écrit quelques mots. Elle se tourna vers Ayden et lui demanda :

— Est-ce que tu peux traduire mes paroles ?

Le jeune homme acquiesça d'un signe de tête et Maureen se lança :

— Il y a une quinzaine de jours, alors que j'étais dans mon village en Bretagne à contempler la mer, mon téléphone a sonné et j'ignorais alors que cet appel allait changer ma vie. La voix au téléphone m'annonçait que j'avais une grand-mère mais que malheureusement elle venait de nous quitter. Lorsque j'ai entrepris ce voyage vers votre beau pays, je ne savais pas à quoi m'attendre. J'ai eu l'occasion de sillonner les routes d'Irlande et je suis tombée sous le charme de cette terre indomptée et accueillante à la fois. J'ai été bouleversée par cette nature sauvage, ses landes et ses montagnes. Par la beauté resplendissante et apaisante des lacs et des rhododendrons en fleurs. Je me suis sentie chez moi grâce à l'accueil des habitants de cette île et surtout grâce à la bienveillance dont ont fait preuve envers moi Lochlan, Ayden, Molly et Seamus. Grâce à eux, j'ai découvert Nora, ma grand-mère. Une femme extraordinaire, tant par son enthousiasme et sa joie de vivre que par sa gentillesse et sa générosité. Je regrette de ne pas l'avoir connue ou si peu. Mais je suis sûre d'une chose : je l'aurais aimé, comme elle m'a aimée.

La voix de Maureen était emplie de sanglots contenus pendant ce discours, et celle d'Ayden qui traduisait ses paroles reflétait la même émotion. Un silence respectueux et ému flottait parmi l'assistance.

Après un bref instant de recueillement, Maureen reprit la parole en anglais cette fois-ci :

— Je vais maintenant vous lire un poème que James Joyce a écrit pour sa femme qui avait le même prénom que ma grand-mère, Nora.

La voix cristalline de Maureen s'éleva, douce et envoûtante :

Mon amour en légers atours
Va passant parmi les pommiers,
Là où les vents joyeux ne rêvent
Que de courir de compagnie.

*Où s'attardent les vents joyeux
Pour courtiser les jeunes feuilles
Mon amour s'en va lentement
Penchée vers son ombre dans l'herbe.
Et où le ciel tend sa coupe bleu pâle
Par-dessus la terre qui rit,
Mon amour va légère et relève
Sa robe d'une exquise main.* [6]

À la fin de la lecture, les invités restèrent quelques secondes silencieux puis ils commencèrent à applaudir chaleureusement. Maureen afficha un grand sourire soulagé et heureux. Elle croisa le regard approbateur et bouleversé de Lochlan et sentit la main d'Ayden qui serrait la sienne. Elle remercia d'un signe de tête l'assistance et s'éloigna du pupitre suivit par Ayden. Lochlan reprit la parole.

— Merci Maureen pour cet hommage merveilleux à Nora. Je suis sûr qu'elle est, comme je le suis, très fière de toi. Je parle en notre nom à tous pour te dire que nous sommes ravis de t'accueillir dans notre famille et dans notre pays qui est le tien désormais, déclara-t-il avec émotion.

Il poursuivit en s'adressant aux invités :

— La fête du Bloosmday est maintenant officiellement lancée ! Je vous invite à profiter du buffet et de la musique. Les personnes qui désirent lire un texte de James Joyce sont invitées à s'inscrire sur le registre juste ici. Il y aura une lecture à quatorze heures trente et une autre à seize heures. Je vous remercie. Bon après-midi à tous !

Ayden se pencha vers Maureen et lui murmura à l'oreille :

— Viens, allons dans un endroit plus tranquille.

---

[6] Traduction du Poème de James Joyce, *My Love is in a Light Attire*, publié dans le Journal *Dana* en 1904

Elle hocha la tête et le suivit jusqu'aux écuries. Il referma la porte derrière eux et couvrit la jeune femme d'un regard enthousiaste.

— Tu t'en es très bien sortie ! Félicitations !

Maureen rosit sous le compliment et répondit :

— Tu m'as dit de leur raconter une histoire alors j'ai raconté la mienne.

— C'est une très jolie histoire. Merci pour ce que tu as dit sur Nora...Et sur nous tous, ajouta-t-il, visiblement ému.

— Je le pensais vraiment tu sais.

— Oui je sais, dit-il en se rapprochant d'elle.

Il caressa doucement sa joue et lui releva le menton pour déposer un tendre baiser sur ses lèvres soyeuses. Quand Maureen rouvrit les yeux, elle fut capturée par les yeux d'Ayden qui avait posé une main sur sa taille pour la rapprocher de lui. Elle lutta contre elle-même pour ne pas s'abandonner. Elle posa une main sur la poitrine du jeune homme, le repoussa légèrement et s'écarta de lui.

— J'ai cru que tu ne viendrais pas quand je suis montée toute seule sur l'estrade, dit-elle d'un ton de reproche.

— Je t'avais dit que je serais là, je tiens toujours parole. Qu'est-ce qui a bien pu te faire penser le contraire ?

— Je t'ai vu parler avec Sybil. Je me suis dit que tu avais sans doute d'autres choses plus importantes à faire, répliqua-t-elle d'un ton à la fois triste et provoquant.

Ayden la contempla en silence un instant. Était-ce une pointe de jalousie qu'il avait décelée dans ce reproche déguisé ? Ce n'était pas pour lui déplaire, bien au contraire. Ainsi Maureen tenait un peu à lui. Il retint un sourire amusé et répondit :

— Effectivement. J'avais un besoin urgent de la voir et de lui parler. Tu peux comprendre ? lança-t-il d'un air malicieux.

— Oui je comprends parfaitement, rétorqua-t-elle visiblement contrariée. Je ferais mieux de rejoindre la fête.

Maureen pivota et commença à s'en aller, au bord des larmes, quand elle entendit une voix ferme dans son dos :
— J'ai rompu avec Sybil. C'était ça l'urgence.
Maureen se retourna plus vite qu'elle ne l'aurait voulu, le cœur battant à tout rompre, muette de surprise et de soulagement. Ayden la rejoignit en deux enjambées et plongea son regard dans le sien.
— J'aurais dû le faire plus tôt, j'en suis conscient. Cette histoire, qui n'en était pas une en fait, ne menait à rien. Je ne me suis jamais investi et je n'en avais aucune envie d'ailleurs. Je suppose que j'y trouvais mon compte et Sybil aussi. Mais j'ai toujours su que ce n'était pas le genre de femme dont je pourrais tomber amoureux. Disons que c'était « pratique », avoua-t-il.
Il fit une pause et reprit d'une voix plus basse et envoûtante.
— Mais un jour quelqu'un m'a dit que ce n'était pas très correct, ni très moral. Et que, je cite, « je mettais plus d'éthique dans la fabrication de mon whiskey », dit-il en souriant et en lui lançant un regard appuyé. Cette personne avait raison. J'ai laissé traîner la situation par paresse et facilité. Et je n'étais pas prêt. Mais c'est terminé. Maintenant je veux plus. Beaucoup plus, murmura-t-il en prenant Maureen dans ses bras.
Il l'embrassa passionnément et la jeune femme répondit avec fougue à son étreinte. Quand ils reprirent leur souffle, leurs yeux brillaient du même éclat. Maureen recula et mis un peu d'ordre dans sa tenue que les mains de Ayden avaient commencé à froisser.
— On ferait mieux d'aller retrouver les autres, notre absence va finir par se remarquer.
— Franchement, je m'en moque totalement ! On est très bien ici.
Il jeta un coup d'œil malicieux vers un box rempli de foin frais et reporta un regard gourmand et charmeur sur sa compagne.

— N'y pense même pas ! s'exclama-t-elle en saisissant parfaitement le message muet du jeune homme. Ce n'est que partie remise, ajouta-t-elle avec un regard enjôleur, et elle s'enfuit en riant.

Ayden regarda s'en aller en souriant la jolie petite lutine qui avait gagné son cœur.

— Tu ne perds rien pour attendre, *mo dheas*[7], murmura-t-il avec un regard plein de promesses.

---

[7] « Ma jolie » en irlandais

Designed by Freepik

12. Le bal

La garden-party pris fin vers dix-huit heures, ce qui laissait le temps aux invités qui revenaient pour le bal de rentrer chez eux se restaurer et se changer. Si l'après-midi de lecture se voulait décontractée et ouvert à tous, la soirée était plus sélecte et inscrite sous le signe de l'élégance comme l'avait toujours souhaité Nora. Il fallait faire honneur à Loughinch House dont le décor se prêtait parfaitement au déroulement d'un bal qui se serait tenu au début du vingtième siècle, date à laquelle se situait l'action du livre *Ulysse* de James Joyce. Pour l'occasion, les messieurs sortaient leurs smokings et les dames leurs robes de soirée.

Dans l'effervescence des préparatifs, Lochlan avait oublié de mentionner ce détail vestimentaire à Maureen qui n'avait bien évidemment pas de robe de bal dans sa valise. Il s'en était excusé et lui avait proposé de regarder dans les tenues de Nora si elle trouvait quelque chose à son goût, mais la jeune femme ne se sentait pas à l'aise avec l'idée de porter un vêtement ayant appartenu à sa grand-mère. Elle décida donc de revêtir une longue robe blanche toute simple qu'elle avait apportée et de la rehausser avec une ceinture dorée empruntée dans le dressing de Nora. De toutes façons, elle n'avait pas d'autre choix. Elle fila sous la douche histoire de se détendre avant le grand soir qui promettait d'être inoubliable. Maureen n'avait jamais assisté à un bal, et même si elle adorait les fest-noz de sa Bretagne, joyeux et hauts en couleurs, il s'agissait de fêtes populaires qui n'avaient rien à voir avec l'événement qui se préparait ce soir.

Depuis le couloir, Ayden entendait l'eau couler dans la salle de bain de Maureen mais il attendit encore un moment avant de s'introduire dans sa chambre. Il ouvrit la porte le plus doucement possible et jeta un bref coup d'œil en direction de la salle d'eau dont la porte était entrouverte. Maureen fredonnait sous la douche et Ayden dût résister à l'envie d'aller la rejoindre, mais ce n'était pas le moment. Plus tard, se promit-il en contemplant les jolies courbes de la jeune femme à travers la buée de la paroi de douche. Il se faisait l'effet d'un voyeur mais il ne pouvait pas s'empêcher de l'admirer. Il secoua la tête et se raisonna pour se concentrer sur sa mission. Il déposa sur le lit un carton qui portait le nom d'une boutique spécialisée située sur Mill Street à Galway, et glissa un message entre les cordons de soie bleue qui fermaient la boîte. Il sortit précipitamment et silencieusement lorsqu'il entendit que Maureen coupait l'eau.

La jeune femme sortit de la douche et s'enveloppa dans une serviette chaude avec délice. Le modernisme avait quand même du bon, pensa-t-elle en remerciant le sèche-serviettes. Elle se saisit d'une autre serviette pour commencer à se sécher les cheveux tout en se dirigeant vers la chambre. Elle s'arrêta net en découvrant un grand carton sur le lit. Elle n'avait pas rêvé. Il n'était pas là tout à l'heure. Intriguée, elle s'approcha et découvrit une carte sur la boîte.

« Toutes les princesses doivent avoir une robe pour assister à leur premier bal. Dès que j'ai vu celle-ci, je me suis dit qu'elle était faite pour toi. J'espère qu'elle te plaira. Ayden ».

À la fois curieuse et touchée par le geste du jeune homme, Maureen ouvrit la boîte et de grands yeux émerveillés devant la beauté de la robe qu'elle étala devant elle pour mieux l'admirer.

C'était une véritable robe de soirée d'un subtil vert émeraude foncé. La jupe longue était en tulle léger et le haut était recouvert de broderies et de strass vert et bleu foncés qui débordaient sur la jupe comme des coulées d'eau vive. Deux fines bretelles retenaient le bustier échancré entre les seins jusqu'à la taille donnant l'impression de deux ailes de papillon. La tenue était complétée par une paire d'escarpins de la même teinte que la robe.

Ayden, tu es complètement fou ! pensa la jeune femme éblouie. Elle n'avait jamais rien porté de tel auparavant. Plutôt adepte des tenues confortables et un peu garçon manqué, elle n'aurait jamais pensé porter un jour une toilette aussi féminine et élégante. Pourtant, il fallait bien avouer que cette robe lui plaisait énormément. Et Ayden l'avait choisie pour elle, alors elle ne pouvait pas le décevoir. Elle retourna la robe pour voir comment l'enfiler. Un laçage façon corset une fois desserré permettait d'écarter les pans de la robe pour se glisser dedans. Maureen passa la robe par-dessus sa tête. Le tissu tomba naturellement et s'ajusta parfaitement à sa silhouette. Décidément, en plus d'avoir beaucoup de goût, le jeune homme avait le compas dans l'œil pour ce qui était de sa taille ! La jeune femme n'osait pas encore se regarder dans la glace car un petit souci vint la contrarier. Comment resserrer les lacets dans son dos ? Elle avait besoin d'aide. De l'aide d'une femme. Elle sauta sur le téléphone en priant pour que Molly décroche.

— Molly ? Ah merci ! Vous allez me sauver la vie ! s'exclama-t-elle. Est-ce que vous pourriez monter dans ma chambre, s'il-vous-plaît ? J'ai besoin de votre aide, supplia-t-elle.

Quelques instants plus tard, Molly toqua à la porte de la jeune femme. Quand celle-ci lui ouvrit, Molly ne put retenir une exclamation de surprise et de ravissement.

— Oh *my god* ! Maureen, vous êtes magnifique ! s'écria la gouvernante en joignant les mains.

— C'est vrai, vous trouvez ? Ça ne fait pas trop... ?
— Trop quoi ? On n'est jamais trop belle pour un bal. Et vous êtes resplendissante. Cette robe est de toute beauté ! Où l'avez-vous trouvée ?
— C'est Ayden qui me l'a offerte, avoua Maureen en rougissant légèrement.
Molly scruta son visage avec un petit sourire entendu.
— Ah oui ? Vraiment ? Le petit a très bon goût manifestement. Et pas que pour les tenues de soirée, ne put-elle s'empêcher de souligner, faisant rougir de plus belle Maureen, un peu gênée.
— Et en quoi puis-je vous aider ?
— Il y a un lacet dans le dos qu'il faudrait resserrer.
— Ah oui, je vois.
Molly s'exécuta avec des mains expertes jusqu'à ajuster correctement la robe sans empêcher Maureen de respirer non plus.
— Voilà qui est mieux. Avez-vous besoin d'autre chose ?
— En fait, oui. J'aimerais relever mes cheveux en chignon mais je n'ai pas d'épingles. Est-ce que vous en auriez par hasard ?
— Ne bougez pas, j'ai exactement ce qu'il vous faut, répondit Molly et elle sortit de la chambre.
Quelques secondes plus tard, Maureen entendit frapper à sa porte. Elle se précipita pour ouvrir.
— Vous avez fait vite, Molly !
— Je crains que ce ne soit pas Molly, fit Lochlan en souriant et en admirant la jeune femme dans sa tenue de soirée. Je ne vais pas vous déranger très longtemps dans vos préparatifs. Est-ce que je peux entrer ?
— Oui bien sûr, je vous en prie, répondit Maureen en s'effaçant pour le laisser passer.

Lochlan pénétra dans la chambre et fit face à la jeune femme. Il resta un instant silencieux, puis sortit un écrin de sa poche.
— Je voulais vous donner ceci, dit-il en tendant la petite boîte à Maureen.
La jeune femme découvrit une paire de splendides boucles d'oreilles pendantes en jade, montées sur argent et rehaussées d'un fin décor, en argent également.
— Elles appartenaient à Nora. Je me suis dit qu'elles devaient vous revenir.
— Lochlan, elles sont magnifiques ! Je ne peux pas accepter, voyons !
— Bien sûr que si ! Je suis sûr que Nora aurait voulu que vous les portiez. Et elles vous iront beaucoup mieux qu'à moi, plaisanta-t-il avec un grand sourire.
Spontanément, Maureen se jeta dans les bras de Lochlan en le remerciant chaleureusement alors que Molly revenait au même moment avec les épingles à cheveux.
— Je vous laisse finir de vous préparer, fit Lochlan heureux et ému par l'attitude de la jeune femme. Cette robe vous va vraiment à ravir. A tout à l'heure !
Une fois Lochlan sorti de la pièce, les deux femmes s'attaquèrent à dompter la chevelure bouclée et rebelle de Maureen.
— Laissez-moi faire, j'avais l'habitude avec Nora. Vous avez les mêmes beaux cheveux qu'elle, confia Molly.
Après quelques minutes entre les mains habiles de la gouvernante, qui s'était également proposée de la maquiller, Maureen put enfin se contempler dans la glace. Le reflet du miroir lui renvoyait une jeune femme qu'elle ne connaissait pas. Un maquillage subtil et élégant rehaussait la finesse de ses traits et ses grands yeux de biche émeraude. Sa coiffure consistait en un chignon souple et bas sur la nuque d'où s'échappaient des boucles folles qui encadraient l'ovale de son

visage. La robe de bal raffinée mettait en valeur sa taille fine et ses épaules délicates, et la couleur vert sombre du tissu s'accordait à merveille avec le roux flamboyant de ses cheveux. C'était la première fois qu'elle se trouvait belle et féminine.

— Il manque une dernière chose et vous serez parfaite, dit Molly avec émotion en lui tendant les boucles d'oreilles de Nora.

Les magnifiques lustres à pampilles éclairaient de mille feux la grande salle à manger qui avait été transformée pour l'occasion en salle de bal. L'immense table avait été déménagée pour accueillir les boissons et les petits fours dans la longue verrière communicante qui donnait accès au jardin. Le soyeux tapis de laine avait disparu laissant apparaître le magnifique parquet de chêne massif en point de Hongrie, tandis que des chaises et de petites tables d'appoint avaient été installées le long des murs. À un bout de la pièce, un groupe de musiciens jouait des airs traditionnels. Une ambiance joyeuse, colorée et éclectique régnait dans la pièce où se côtoyaient aussi bien des messieurs en costume d'époque édouardienne, que d'autres en smoking ou encore, comme c'était le cas de Lochlan et Ayden, qui avaient revêtu le kilt. Si le kilt était historiquement associé à l'Écosse, il était également fortement ancré dans la culture irlandaise depuis très longtemps, bien que réservé à de grands événements. En Écosse, chaque tartan revêtait les couleurs correspondant à un clan. En Irlande, le kilt traditionnel militaire irlandais, le *Saffron Kilt*, était de couleur jaune moutarde. Les autres couleurs des tartans étaient associées aux districts et comtés du pays.

Le mélange des genres régnait également parmi les dames qui étaient parées de robes de bal du début du siècle ou de robes de soirées plus contemporaines. Les soies, mousselines, satins, tulles et autres tissus aux couleurs chatoyantes se mêlaient harmonieusement et rehaussaient les costumes plus sobres de ces messieurs.

Ayden écoutait d'une oreille distraite le babillage de son interlocutrice, une charmante dame d'une soixantaine d'années plutôt bavarde, en buvant machinalement un verre de whiskey. Il n'arrêtait pas de jeter des coups d'œil impatients en direction de l'entrée de la salle à manger. Lochlan, en conversation un peu plus loin avec un ancien collègue de l'Université de Galway, ne perdait pas une miette du manège de son petit-fils. Soudain, il surprit le regard de Ayden qui s'était figé et éclairé d'une lueur qu'il ne lui connaissait pas. Lochlan suivit son regard, et sans surprise, constata que Maureen venait d'apparaître à l'entrée de la salle de réception. Il sourit intérieurement et ne put s'empêcher d'adresser une pensée muette à Nora : « *Ma chérie, je crois que ton plan a fonctionné au-delà de ce que tu avais imaginé* ».

Aucun son ne parvenait plus aux oreilles d'Ayden. Le temps s'était suspendu à la minute où il avait vu Maureen entrer dans la pièce. Il était heureux d'avoir suivi son instinct car elle était véritablement éblouissante dans cette robe qu'il avait choisie pour elle. Il resta un instant sans bouger à la contempler. Puis il vit qu'elle était hésitante et semblait le cherchait du regard. Elle sourit et ses yeux s'illuminèrent quand elle le découvrit enfin en train de l'observer de l'autre côté de la pièce. Ayden s'excusa brièvement auprès de son interlocutrice et lui faussa compagnie rapidement. Il posa son verre sur la première table qu'il trouva et traversa la foule pour aller rejoindre la jeune femme.

Il s'inclina cérémonieusement devant Maureen pour lui faire un baisemain et l'accueillit solennellement :

— Mademoiselle Le Guen, permettez-moi de vous souhaiter la bienvenue au bal de Loughinch House. Je vous trouve particulièrement en beauté ce soir, la complimenta-t-il avec un sourire admiratif.

Maureen se prit au jeu et répliqua en souriant :

— Je vous remercie Monsieur O'Neil. Permettez-moi de vous complimenter à mon tour. Je vous trouve très fringant dans cette tenue traditionnelle. J'avoue que je ne m'y attendais pas.
— Je suis enchanté de vous surprendre, ma chère. Il y a encore plein de choses que vous ne connaissez pas de moi et que je serais ravi de vous faire découvrir, renchérit-il d'une voix basse et pleine de sous-entendus.
Maureen lui rendit son sourire et leurs yeux se répondirent en silence, complices et animés du même feu.
— Puis-je vous offrir un rafraîchissement ?
— Avec joie !
Ayden la prit par le bras et l'entraîna vers le buffet. Ils conversaient agréablement avec d'autres invités lorsque l'attention de Maureen fut attirée par l'air que venaient d'entamer les musiciens.
— Ayden ! C'est notre chanson ! La ballade de Nora ! s'exclama-t-elle.
Ayden tendit l'oreille et sourit. C'était bien *Come by the Hills* que le groupe était en train de jouer.
— Effectivement, acquiesça-t-il en souriant. Il lut une prière muette dans les yeux de la jeune femme.
Il lui tendit la main et demanda en souriant :
— Me ferais-tu l'honneur de m'accorder cette danse ?
Sans même prendre le temps de répondre, elle posa sa main dans la sienne et l'entraîna au milieu des couples de danseurs. La mélodie se prêtait parfaitement au rythme de la valse et Ayden guida sa cavalière avec assurance et douceur. Maureen n'était pas habituée à ce type de danse et elle fut un peu déstabilisée. Sentant son hésitation, Ayden murmura à son oreille :
— Regarde-moi et suis-moi. Fais-moi confiance.
Elle plongea son regard dans le sien, posa sa main sur son épaule et se laissa entraîner. Le couple qu'ils formaient aurait

pu paraître mal assorti car ils étaient physiquement l'opposé l'un de l'autre. Lui, grand et de carrure athlétique et elle, plus petite, menue et délicate. Pourtant, ils se complétaient à merveille et formaient un couple ravissant, évoluant avec légèreté et complicité sur la piste. À la fin de la chanson, Maureen allait quitter le parquet, mais Ayden la retint car il avait entendu les notes poignantes du violon et reconnu l'introduction d'une nouvelle ballade, *My lovely Rose of Clare*[8], qu'il se devait absolument de danser avec la jeune femme.

Ayden enlaça tendrement sa cavalière et ils accordèrent leurs pas sur un slow mélancolique et envoûtant. Au moment du refrain, Maureen sentit la main d'Ayden resserrer son étreinte au creux de ses reins pour la rapprocher de lui tandis qu'il murmurait à son oreille les paroles de la chanson :

Oh my lovely rose of Clare
You're the sweetest girl I know
You are the sunshine of my life
So beautiful and fair
For I will always love you
My lovely rose of Clare

(Traduction)
Oh ma jolie rose de Clare,
Tu es la fille la plus douce que je connaisse
Tu es le soleil de ma vie
Si belle et si loyale
Et je t'aimerai toujours
Ma jolie rose de Clare

Troublée par ces paroles, la jeune femme plongea son regard dans celui d'Ayden. Elle y vit la lueur chaleureuse qu'elle

---

[8] My Lovely Rose of Clare, Chris Ball, 1984

connaissait bien à présent et une étincelle différente, aussi intense qu'indéchiffrable qui la fit frissonner. La fin de la chanson vint interrompre ce moment d'intimité. Ayden enleva la main de sa taille, se détacha d'elle et se pencha cérémonieusement sur sa main en la remerciant pour la danse.

Maureen passa le reste de la soirée à danser avec d'autres cavaliers, à discuter avec Lochlan et des invités auxquels il voulait la présenter. Ayden se tenait un peu à l'écart, ne voulant pas monopoliser la jeune femme afin que personne ne puisse deviner ce qui se passait entre eux. Mais il la surveillait du coin de l'œil et, rongé par la jalousie, dut lutter pour ne pas aller l'arracher des bras de plusieurs bellâtres qui, la soirée avançant et l'alcool aidant, n'hésitaient pas à flirter ouvertement avec elle.

Tard dans la nuit, une fois les invités repartis, enivrée de musique et de danses, Maureen pris congé de Lochlan. Elle chercha Ayden des yeux mais il avait disparu. Elle monta dans sa chambre et quelques instants plus tard, elle entendit frapper discrètement à sa porte. Elle alla ouvrir et se retrouva face à lui.

— Je peux entrer ?

Elle jeta un bref coup d'œil dans le couloir et s'effaça pour le laisser passer.

— Dépêche-toi, on pourrait nous voir, chuchota-t-elle un peu nerveuse à l'idée que Lochlan ou Molly ne passe par là.

— Ne t'inquiète pas. Tout le monde est parti. Grand-père est allé se coucher et Molly ne va pas tarder à rejoindre son cottage également.

Soulagée, Maureen vit qu'Ayden la contemplait avec le même regard profond et admiratif qu'il avait eu toute la soirée.

— Tu es vraiment resplendissante dans cette robe.

— Merci. Elle est vraiment magnifique ! Tu as fait une folie ! Mais je dois avouer que le kilt te va aussi à ravir. Si tu débarquais comme ça en France monté sur un cheval, je ne pourrais pas te résister ! pouffa-t-elle.

— Ah oui ? À ce point-là ? Interrogea-t-il en riant à son tour. Il faudra que je m'en souvienne !

Maureen répondit par l'affirmative d'un signe de tête tant l'image incongrue la faisait rire. Elle reprit ses esprits et demanda d'une voix traînante et espiègle :

— Je me posais une question... Est-ce que c'est vrai ce qu'on dit à propos des hommes en kilt ?

— Et qu'est-ce qu'on dit à propos des hommes en kilt ? demanda-t-il d'un air malicieux.

— Tu sais bien... Est-ce qu'ils portent quelque chose en dessous ?

— Mademoiselle Le Guen, je vous trouve bien curieuse. C'est un secret ancestral farouchement gardé que je ne peux pas vous révéler, dit-il en se rapprochant d'elle avec un regard de fauve. Néanmoins...

— Néanmoins ?

— Néanmoins, je pense que le mieux serait que vous vérifiiez par vous-même.

Maureen croisa les yeux brillants et provocateurs du jeune homme. Elle décida de relever le défi et répondit d'un air mutin :

— Vous avez raison Monsieur O'Neil, je dois en avoir le cœur net.

Joignant le geste à la parole, elle posa sa main sur la hanche de Ayden et fit glisser ses doigts le long du kilt jusqu'au bord du tissu, puis remonta en-dessous le long de sa cuisse, sans quitter le jeune homme du regard.

— Oh ! s'exclama-t-elle en rougissant, tandis que le jeune homme éclatait d'un rire franc et moqueur. Puis il l'étreignit et l'embrassa avec fougue.

Cathédrale St Patrick, Dublin

13. Dublin

Le lendemain matin à son réveil, Maureen constata qu'Ayden s'était éclipsé discrètement et avait rejoint sa propre chambre afin de ne pas mettre la jeune femme dans une situation gênante. Elle se retourna dans le lit et plongea le nez dans l'oreiller encore imprégné de l'odeur sensuelle de son amant. En soupirant, elle se résigna à se lever. Après une bonne douche, elle rangea ses affaires dans sa valise avec un sentiment de tristesse grandissant. Elle se posta ensuite à la fenêtre pour admirer une dernière fois la vue paisible et éblouissante sur les jardins et le lac de Loughinch House.

En début d'après-midi, Maureen et Lochlan attendaient sur le perron pendant qu'Ayden se dirigeait vers la cour arrière pour aller chercher la voiture de location que la jeune femme devait rendre à l'agence Sixt de l'aéroport de Dublin.

— Alors, ça y est, c'est le départ, fit Lochlan tristement.
— Oui. Mais je reviendrai, c'est promis. Et on reste en contact. Je suis tellement heureuse d'avoir fait votre connaissance. À vous, Ayden...et Nora aussi d'une certaine façon. J'aurais tellement aimé que ce soit plus tôt.
— Je crois que nous aurions tous aimé te rencontrer plus tôt, confirma Lochlan en jetant un coup d'œil à son petit-fils qui s'éloignait.

— Je voulais vous dire...

Maureen hésita un instant puis se lança.

— Je vous ai entendu quand vous parliez avec Ayden à propos des réparations du toit du manoir. C'est moi qui suis propriétaire de Loughinch House maintenant et l'entretien du domaine me concerne aussi. Alors je me disais que je pourrais participer aux dépenses avec la somme que j'ai hérité de Nora.

— C'est vraiment très gentil de ta part. Mais je ne veux pas te dépouiller de ton héritage. Et tu n'habites pas ici, ce n'est pas à toi d'assumer l'entretien du manoir, répondit Lochlan visiblement touché par la proposition de la jeune femme.

— J'aimerais tellement vous aider. À cause de notre périple touristique avec Ayden, nous n'avons même pas eu le temps d'évoquer les aspects pratiques de l'héritage. J'imagine que je dois donner mon accord pour tout à présent ?

— Concrètement, oui. Tu as raison. Nous aurons l'occasion d'en reparler. Pour l'instant, nous n'avons encore pris aucune décision concernant les réparations et il se passera plusieurs mois avant que nous ne recevions l'héritage de Nora. Nous verrons à ce moment-là. Mais je te promets que nous te consulterons avant de décider quoi que ce soit.

— Merci. Vous savez, je me sens chez moi ici et j'ai vraiment à cœur de tout faire pour le bien du domaine et le vôtre.

— J'en suis très heureux et je t'en remercie du fonds du cœur.

— Je me demandais... Pourquoi vous n'ouvririez pas des chambres d'hôtes au manoir ? Il y a plusieurs chambres inoccupées et je suis sûre que les touristes seraient enchantés comme je l'ai été par la beauté du domaine. Cela permettrait de financer une partie des réparations. Je comprends que vous teniez à votre tranquillité, mais l'avantage avec un B&B, c'est que les personnes ne restent que pour la nuit et le petit-déjeuner. Le reste du temps, vous ne serez pas dérangés. Vous

pourriez aussi rénover une des granges et en faire un gîte indépendant, de cette façon, vous n'auriez même pas à accueillir d'étrangers dans le manoir. Qu'en dites-vous ?
— C'est drôle que tu me parles de ça. Nora avait eu la même idée il y a quelques années, mais Ayden n'avait pas voulu en entendre parler.
— De quoi je n'ai pas voulu entendre parler ? intervint l'intéressé après avoir garé la voiture sur le parvis.
— D'ouvrir Loughinch House aux touristes avec des chambres d'hôtes ou un gîte. Nora avait parlé de cette éventualité, tu te souviens ?
Ayden se rembrunit.
— Et je n'ai pas changé d'avis sur le sujet. Je n'ai pas envie de voir des hordes d'étrangers sur le domaine et dans ma maison, répliqua-t-il, buté.
— Des hordes d'étrangers ! Tu n'exagères pas un peu quand même ?! s'exclama Maureen. Il s'agirait de proposer trois chambres et un gîte éventuellement. Tu ne verrais même pas les gens. Dans les chambres d'hôtes, les gens arrivent généralement entre seize heures et dix-huit heures pendant que tu serais à la distillerie. Ils sont indépendants le soir et ne sont là qu'au petit-déjeuner. Il pourrait être servi dans la verrière comme ça tu ne croiserais personne puisque tu prends ton café dans la cuisine.
— Et bien je vois que tu as sérieusement réfléchi à la question, constata-t-il un peu sur la défensive. Et le gîte ? Tu comptes le faire où ?
— On pourrait rénover une des deux granges. Comme ça les touristes auraient un accès indépendant en passant par la cour qui servirait à garer leur voiture.
— Comment ça, « on » ?
— J'aimerais vous aider pour l'entretien du manoir. Si je peux participer à la création d'un gîte qui vous permettrait de

financer les travaux de rénovation indispensables comme le toit, j'en serais vraiment heureuse.

Surpris, Ayden jeta un regard de reproche à son grand-père.

— Ne me regarde pas comme ça. Je n'ai rien dit. Maureen nous a entendus discuter.

La jeune femme prit les mains d'Ayden dans les siennes.

— Ayden, s'il-te-plaît. Laisse-moi vous aider. Tu sais combien je me suis attachée à cette maison et à ce pays. Loughinch House est un endroit tellement merveilleux ! Idéalement situé aux portes du Connemara. Je suis sûre que vous n'auriez aucun mal à attirer du monde. Cela ne t'occasionnerait que peu de dérangement comparé aux bénéfices pour le domaine. Et tu ne serais pas obligé d'hypothéquer ta distillerie...

— Je ne savais pas que tu écoutais aux portes ! gronda-t-il, tout en croisant le regard limpide et chaleureux de Maureen qui ne semblait pas inquiétée le moins du monde par son air faussement sévère. Elle le connaissait trop bien et savait qu'il n'était pas fâché. Un peu contrarié, certes, mais la demoiselle savait jouer de son charme pour l'amadouer.

— Bien. Je vais réfléchir à tout ça, concéda-t-il du bout des lèvres.

Le regard de Maureen s'illumina et elle lui sauta dans les bras.

— Je n'ai pas dit oui ! protesta-t-il en levant les yeux au ciel.

— Mais tu n'as pas dit non, répliqua-t-elle, mutine.

Après avoir fait ses adieux à Lochlan, Molly et Seamus, c'est le cœur lourd que Maureen monta dans la voiture aux côtés d'Ayden. Ils descendirent la grande allée qui menait aux portes du domaine. Elle se remémora son inquiétude et sa nervosité quand elle était arrivée quinze jours plus tôt dans cet endroit somptueux mais inconnu, habité par des personnes qui lui étaient étrangères. Aujourd'hui, elle quittait une famille et une terre qui lui étaient chères et c'était un véritable crève-cœur de les laisser derrière elle.

Ils effectuèrent les deux heures et demie de trajet entre Loughinch House et Dublin en silence, chacun perdu dans ses pensées et ses émotions. Ils avaient réservé une chambre dans un hôtel du centre-ville qui n'avait certes pas le charme des chambres d'hôtes de la côte ouest, mais qui avait l'avantage d'être proche du Trinity College, la dernière étape de la lettre de Nora qu'ils devaient visiter, et du fameux quartier animé du Temple Bar.

La façade du bâtiment moderne de six étages décontenança Maureen. Ils s'engouffrèrent dans la porte tournante et se dirigèrent vers la réception mais ils durent attendre qu'un groupe de touristes allemands bruyant et expansif soit parti avant qu'on ne s'occupe d'eux. Le réceptionniste leur remit la carte électronique qui faisait office de clé pour ouvrir la porte de leur chambre. Ils prirent l'ascenseur jusqu'au quatrième étage et parcoururent le long couloir aux murs fades et aux lumières blafardes jusqu'à la porte 424. Bien que petite, la chambre était impeccable et confortable mais dégageait ce côté froid et impersonnel que l'on retrouve dans les chaînes d'hôtels de toutes les grandes villes du monde. Maureen se dirigea vers la fenêtre et jeta un œil derrière le rideau. La vue donnait sur une minuscule cour en contrebas et un immeuble austère lui faisait face. Elle laissa retomber le rideau et soupira. En retrouvant une sorte de « civilisation », Maureen se sentit un peu perdue. Elle avait l'impression qu'elle avait déjà laissé derrière elle l'âme de l'Irlande, avec ses maisons d'hôtes chaleureuses nichées au cœur d'une nature intacte et préservée.

Ils sortirent pour dîner et se dirigèrent vers Temple Bar Street, la rue qui donnait son nom à l'ensemble du quartier. Le quartier du Temple Bar abritait une multitude de bars, restaurants, boîtes de nuit mais également de théâtres et cinémas indépendants. Le fameux pub du même nom à la devanture rouge vif faisait l'angle d'une rue et résonnait déjà de musique traditionnelle. Au-dessus des grandes fenêtres du pub étaient suspendues des jardinières qui croulaient sous les pétunias multicolores ajoutant à la gaieté de la devanture. Des rideaux de petites lumières led couraient tout le long de la façade du bâtiment en briques rouges et apportaient de la magie à l'édifice alors que la nuit commençait à tomber.

Ils déambulèrent dans la rue pavée animée qui débordait d'éclats de voix, de rires et de musique *live*, mais ils avaient du mal à se mettre dans l'ambiance. D'un commun accord, ils s'installèrent dans une pizzeria située dans une petite rue perpendiculaire et moins bruyante pour dîner, puis regagnèrent leur hôtel pour se coucher car une journée chargée les attendait le lendemain.

Maureen et Ayden se levèrent de bonne heure et, une fois leur petit-déjeuner avalé, se rendirent à pied au Trinity College, situé à quelques minutes de leur hôtel. La plus vieille université d'Irlande fut fondée en 1592 par la reine Elizabeth Ier et construite sur le modèle de ses illustres homologues d'Oxford et de Cambridge en Angleterre. De grands écrivains ont étudié entre ses murs comme Samuel Beckett ou Oscar Wilde. À l'origine réservée aux étudiants protestants, elle s'ouvrit aux élèves catholiques en 1793. Il fallut attendre 1904 pour que les femmes puissent accéder à son enseignement. Toujours aussi prestigieuse et sélective, l'université accueillait aujourd'hui des étudiants du monde entier. Le Trinity College était la seule université de Dublin ouverte au public.

En pénétrant sur le campus, les deux jeunes gens découvrirent les bâtiments imposants et majestueux d'époque victorienne qui entouraient la cour principale aux pelouses immaculées. Ils se dirigèrent vers le bâtiment abritant la Old Library, la plus vieille et plus grande bibliothèque d'Irlande. En haut d'un escalier se trouvait la *Long Room*. La salle principale, avec ses plafonds voûtés en bois, s'étendait sur soixante-cinq mètres de long. De part et d'autre de l'allée principale, les rayonnages sur deux étages regroupaient des livres anciens parmi les plus prestigieux. Même si la plupart des rayonnages étaient vides pour des raisons de restauration, Maureen fut impressionnée par la hauteur de la bibliothèque et ses boiseries qui lui inspiraient admiration et respect. Ils sillonnèrent émerveillés la longue salle sous le regard des quatorze bustes en marbres de figures célèbres, hommes et femmes, qui surveillaient attentivement le parcours des visiteurs. Au milieu de la salle, suspendu au plafond par un fil invisible, un immense globe terrestre lumineux semblait flotter dans la pièce. Cette sphère, qui aurait pu sembler anachronique et détonner avec l'ancienneté de la bibliothèque, s'intégrait finalement bien au décor et rappelait que la connaissance était universelle et intemporelle.

Maureen ne put s'empêcher de trouver une ressemblance avec la bibliothèque de Poudlard d'Harry Potter et s'en ouvrit à Ayden qui approuva avec un sourire amusé.

La bibliothèque conservait l'un des joyaux de l'art médiéval, le livre de Kells, l'un des plus anciens livre calligraphié et enluminé à la main. Le livre était précieusement conservé dans une vitrine et ouvert afin de permettre aux visiteurs d'en contempler une double page. Maureen et Ayden admirèrent la délicatesse, la richesse et la précision des enluminures et de la calligraphie. Ils rejoignirent ensuite un autre bâtiment dans lequel une exposition était consacrée au livre de Kells et retraçait son histoire en mettant l'accent sur les enluminures, leurs significations et les pigments de couleurs utilisés pour leur réalisation.

Ils continuèrent leur visite de la ville et, après un petit quart d'heure à pied, arrivèrent au château de Dublin. Ils traversèrent la cour pour se diriger vers la chapelle royale qu'ils ne purent malheureusement pas visiter car elle était en réfection. Ils poursuivirent leur chemin vers les jardins du château, entourés d'un mur d'enceinte en pierres, auxquels ils accédèrent par une porte en fer forgé aux spirales d'inspiration celtique. Ils découvrirent une immense pelouse ronde entourée d'une allée bordée de parterres de fleurs d'espèces et de couleurs variées et colorées. Fuchsias, alliums mauves, salvias rouges ou bicolores, véroniques aux fleurs violettes, kniphofias aux épis jaune-orangé, digitales rosées ou encore callistemons dits « rince-bouteilles » aux fleurs rouges en forme de goupillons se répondaient dans un joyeux mélange savamment agencé pour le grand bonheur des promeneurs.

Maureen et Ayden quittèrent à regret cet échantillon botanique pour se rendre en moins de dix minutes au parc St Patrick, l'un des saints patrons les plus célèbres d'"Irlande, fêté le 17 mars. Ici et là, dans les allées pavées qui sillonnaient les pelouses et les parterres fleuris, des bancs permettaient aux visiteurs de s'installer pour déjeuner, lire tranquillement, bavarder ou profiter d'un instant de quiétude au cœur de la ville. Ils achetèrent de quoi se restaurer au Tram Cafe St Patrick's, un petit café situé dans un angle du parc, qui proposait des sandwiches et des boissons à emporter, et s'installèrent sur une table de pique-nique pour profiter de la vue sur la magnifique cathédrale du même nom nichée au cœur du parc. Les deux jeunes gens s'amusèrent des pitreries des chiens qui jouaient en liberté sous les yeux de leurs maîtres qui conversaient tranquillement. L'un d'eux, un petit caniche abricot, avait décidé de piquer une tête dans le bassin d'eau de la fontaine au milieu du parc sous le regard circonspect d'un goéland qui prenait son bain. Sa maîtresse avait un mal fou à le récupérer car à peine ressorti de l'eau, le toutou retournait plonger avec un plaisir manifeste déclenchant l'hilarité générale des spectateurs. Le moins que l'on puisse dire, pensa Maureen, c'était que l'Irlande était beaucoup plus *dog friendly* que la France.

Une fois leur déjeuner terminé, ils visitèrent la magnifique cathédrale St Patrick, l'un des monuments religieux emblématique de Dublin dont l'architecture gothique faisait forte impression. Construite au XIIe siècle, elle avait fait l'objet de nombreux agrandissements et améliorations pour aboutir au monument grandiose des quartiers sud du vieux Dublin. Chargée d'histoire et de tradition, la cathédrale était décorée de nombreuses sculptures, pierres tombales et plaques funéraires rendant hommage aux écrivains et hommes politiques qui ont fait l'histoire de l'Irlande. Siège du protestantisme, la cathédrale demeurait avant tout un lieu de culte et de recueillement où la musique occupait une place particulière puisque se tenaient en son sein deux offices chantés par jour.

Maureen fut impressionnée par la beauté des nombreux vitraux, la force et la majesté des arcs-boutants typiques de l'architecture gothique ainsi que par les nombreux drapeaux anciens qui apportaient chaleur et mémoire aux lieux. Mais c'est le sol de la cathédrale qui attira son attention et força son admiration. Entièrement recouvert de carreaux multicolores aux formes géométriques et aux dessins d'inspiration celtique, la jeune femme marchait sur une véritable œuvre d'art où les tons chauds d'ocre, de rouge et de vert se mêlaient pour dessiner une mosaïque de toute beauté.

Au bout d'une heure de visite, les deux jeunes gens commençaient un peu à en avoir plein les jambes et décidèrent de se rendre à Saint Stephen's Green, l'immense poumon vert de Dublin et l'un des plus anciens parcs publics d'Irlande, pour s'accorder une pause bien méritée. Le parc de neuf hectares créé en 1664 à la périphérie de la ville faisait désormais partie intégrante de Dublin et était situé en son cœur. Il abritait un étang éblouissant qui attirait de nombreuses espèces d'oiseaux.

Maureen et Ayden se promenèrent dans les allées boisées du parc en longeant l'étendue d'eau. Dans cette oasis de verdure et de calme, ils étaient coupés du tumulte de la ville et de la circulation des voitures pourtant tout proches. Ils s'installèrent dans un petit coin intime derrière un bosquet qui formait une petite alcôve tout près de l'étang. Ayden se fit un oreiller de son pull et s'allongea dans l'herbe. Maureen le rejoignit et posa sa tête sur ses genoux. Ils savourèrent ce moment hors du temps. Le soleil jouait entre les feuilles des arbres qui se balançaient au-dessus d'eux au gré d'un vent léger. Maureen posa sa main dans l'herbe fraîche et se laissa chatouiller par les petits brins verts. Elle ferma les yeux. Elle humait avec délice l'odeur de terre et de végétal, et sentait les rayons du soleil caresser son visage. Elle entendait le bruissement des feuilles et les rires lointains d'enfants en train de jouer. Peu à peu les bruits se firent plus confus et imperceptibles. Elle sombra dans une espèce de torpeur bienheureuse et ne tarda pas à s'endormir.

Quand elle émergea lentement une bonne demi-heure plus tard, elle entendit Ayden murmurer :

— Ne fais pas de mouvements brusques.

Elle ouvrit les yeux pour découvrir une famille de cygnes en train de sortir de l'eau juste à côté d'eux. Pas le moins du monde effrayés par la présence humaine, deux adultes majestueux au plumage blanc immaculé suivis de deux petits recouverts d'un duvet gris vinrent s'ébrouer et faire leur toilette à moins d'un mètre de l'endroit où ils étaient allongés. Hors de l'eau, la démarche des cygneaux n'était pas très assurée, mais ils s'enhardissaient et arrachaient avec ardeur des brins d'herbe en se dandinant sous le regard amusé et attendri des passants qui avaient sorti leurs téléphones portables pour immortaliser la scène. Une fois la famille cygne éloignée, les deux jeunes gens se relevèrent le sourire aux lèvres et se dirigèrent vers l'une des sorties du parc. La soirée était déjà bien avancée et ils avaient encore un bon quart d'heure de marche pour regagner leur hôtel.

Fatigués de leur journée de visites dans Dublin, ils décidèrent de rester dîner tranquillement au restaurant de l'hôtel. Le choix des plats était restreint et classique mais Maureen ne s'en formalisa pas car elle n'avait pas d'appétit. C'était sa dernière soirée en Irlande et le cœur n'y était pas. Le lendemain, elle prendrait l'avion pour la France et dirait adieu à l'île verte et à sa nouvelle famille. Elle dirait adieu à Ayden. Elle jeta un coup d'œil dans sa direction par-dessus la carte du menu. Lui non plus n'était pas très bavard ce soir. Son visage était fermé et il semblait en proie à une certaine agitation comme le laissaient supposer ses doigts qui pianotaient nerveusement sur la table. Ayant fait son choix, il leva les yeux de la carte et surprit le regard de Maureen. Ses prunelles d'ordinaire teintées de gaieté semblaient éteintes ce soir. Il lui sourit et elle lui rendit son sourire. Il lui tendit la main sur la table et elle posa sa main dans la sienne. Il ne savait pas quoi lui dire. Leur rencontre avait été pour lui un enchantement, une libération, une renaissance. Il lui avait livré ses sentiments au bal du Bloomsday, mais elle n'avait pas répondu en retour. Même s'il savait qu'elle éprouvait de l'affection et du désir pour lui, peut-être ne ressentait-elle pas exactement la même chose que lui ? À moins qu'elle n'ait pas compris ce qu'il avait tenté de lui dire avec les paroles de la chanson ? Il n'était pas très doué pour exprimer ses sentiments. Peut-être n'avait-il pas été assez clair ? Et puis, à quoi bon se torturer, elle allait partir de toutes façons. Même si elle avait promis de revenir, ce ne serait pas avant de longs mois et les choses seraient sans doute différentes à ce moment-là. Il pourrait peut-être lui rendre visite, mais l'idée de prendre l'avion lui était inconcevable depuis l'accident et le décès de ses parents. Il frémit malgré lui à cette pensée.

Ils dînèrent rapidement et sans enthousiasme. Maureen prétexta un mal de tête et monta de bonne heure dans la chambre. Ayden prit un café au bar de l'hôtel. Puis un whiskey. Puis un deuxième. Il ruminait et se perdit dans la contemplation du liquide ambré qu'il faisait tourner machinalement dans son verre. La journée avait été riche en visites culturelles qui avaient intéressé la jeune femme mais elle s'était montrée moins enthousiaste qu'à l'accoutumée et il avait senti une certaine distance entre eux. La joie simple et insouciante des jours passés ensemble sur les routes avait disparu. Ils ne s'étaient pas enlacés comme ils avaient pris l'habitude de le faire lors de leur virée sur le Wild Atlantic Way. Il n'avait pas osé lui voler un baiser de toute la journée. Ça ne pouvait pas se terminer comme ça ! Il repoussa brusquement son fauteuil et monta au quatrième étage. Arrivé devant la porte de la chambre, il hésita et respira un grand coup. Il toqua doucement à la porte. Pas de réponse. Peut-être s'était-elle endormie ? Il fit une deuxième tentative et l'appela doucement. Il entendit du bruit à l'intérieur de la chambre et la porte s'ouvrit. Elle apparut devant lui, vêtue d'un grand tee-shirt informe, les yeux rougis et les joues baignées de larmes. Elle lui jeta un regard d'une tristesse infinie qui lui brisa le cœur avant de se jeter contre lui.

Vers minuit, Maureen avait fini par s'endormir dans les bras d'Ayden, épuisée de larmes et de chagrin. Il l'avait bercée comme une enfant, incapable de trouver les mots pour la réconforter, ne pouvant lui offrir que sa présence et sa chaleur. Deux heures plus tard, il ne dormait toujours pas. Il voulait savourer les derniers instants du corps de Maureen contre le sien, contempler une dernière fois ses boucles fauves et s'imprégner de son parfum. Il commençait à avoir une crampe dans le bras mais hésitait à bouger de peur de la réveiller. Finalement, il se dégagea aussi doucement que possible et

passa dans la salle de bain. Quand il revint, Maureen venait de se réveiller.
— J'ai cru que tu étais parti.
— Non, je suis là. Ne t'inquiète pas, la rassura-t-il en la rejoignant sur le lit.
Il lui caressa tendrement les cheveux et plongea ses yeux dans les siens. La petite étincelle qu'il connaissait si bien venait de s'allumer dans les prunelles de la jeune femme. Il n'eut pas le temps de réagir qu'elle l'embrassait avec fougue et avait entreprit de le débarrasser de sa chemise. Elle se mit à califourchon sur lui et il sentit les mains de son amante parcourir son corps, traçant des sillons de feu du bout de ses doigts. Elle s'attaqua à son pantalon et, à son tour, il la délesta prestement de son tee-shirt. Ils firent l'amour avec passion et désespoir. Il y avait une urgence à se rassasier l'un de l'autre, à marquer dans sa chair la chair de l'autre. À s'imprégner de chaque odeur et de chaque centimètre de peau. Ils ne se laissaient que le temps de reprendre des forces avant de recommencer à s'aimer, dans l'espoir de repousser le lendemain, refusant chaque minute, chaque seconde inutile où leurs corps ne seraient pas mêlés l'un à l'autre.

Il restait moins d'une heure avant le décollage de l'avion. Ils avaient enregistré la valise de Maureen et attendaient l'affichage de sa porte d'embarquement en silence. Ayden sortit un paquet de sa poche et le tendit à la jeune femme.
— Tiens c'est pour toi, dit-il sobrement.
Maureen déballa le papier kraft retenu par une ficelle et découvrit un carnet de voyage recouvert de cuir vieilli et fermé par un lacet en cuir également.
— Je me suis dit que toutes tes pensées méritaient mieux qu'un vulgaire bloc-notes.
— Oh Ayden ! Il est magnifique ! Merci, fit-elle profondément émue en l'embrassant.

— Il faut vraiment que tu t'en ailles ? demanda-t-il abruptement.
— Je n'ai pas le choix. Ma vie est en France. J'y ai mes amis, mon travail, tu le sais bien.
— Mais tu as une famille en Irlande maintenant.
— Je sais.
— Je n'ai pas envie que tu partes.
— Je n'ai pas envie de partir.
— Alors reste !
— Pourquoi veux-tu que je reste ?

Une voix féminine et métallique crépita dans les haut-parleurs. « Le vol AF 1095 à destination de Paris Charles de Gaulle est annoncé porte 108 ».

— Il faut que j'y aille, dit Maureen d'une voix étranglée de sanglots. Tu penseras à ce que je t'ai dit pour les chambres d'hôtes ?
— Je t'ai promis d'y réfléchir.
— Tu m'écriras ?

Ayden acquiesça d'un signe de tête. Il n'arrivait plus à parler tant sa gorge était nouée. Maureen se hissa sur la pointe des pieds pour déposer un baiser léger sur ses lèvres et s'éloigna rapidement, les larmes lui brûlant les yeux. Elle n'avait fait que quelques pas quand elle l'entendit crier.

— Maureen !!!

Elle eut à peine le temps de se retourner qu'Ayden la serrait dans ses bras à l'étouffer et l'embrassait avec fièvre.

Elle s'arracha de lui à regret en baissant les yeux pour ne pas croiser son regard et courut vers la porte d'embarquement, les joues ruisselant de larmes.

Le cœur lourd et le regard impénétrable, Ayden suivit des yeux l'Airbus d'Air France qui emportait Maureen loin de lui. Il monta dans le bus Irish Citylink en direction de Galway et passa les trois heures du trajet qui le ramenait chez lui à se refaire le film de sa rencontre avec Maureen et de tous les moments magiques qu'ils avaient vécus. Le vide qu'elle venait de laisser était aussi grand que celui qu'il avait ressenti au décès de ses parents et de Nora.

Seamus était venu le chercher à l'arrêt du bus à Galway. Ayden ne desserra pas les dents jusqu'à Loughinch House. Arrivé à la maison, il descendit de voiture et remercia brièvement l'intendant. Il passa sans dire un mot devant son grand-père qui l'attendait sur le perron, l'air soucieux. Lochlan suivit Ayden au salon. Le jeune homme se servit un whiskey, les épaules basses et la mine sombre.

Lochlan observa un instant son petit-fils sans mot dire puis demanda d'une voix triste :

— Alors ça y est, elle est partie ?

Le jeune homme, résigné, acquiesça d'un signe de tête.

— Ayden, mon garçon tu n'es qu'un imbécile ! le fustigea brusquement son grand-père.

Ayden, surpris, releva vivement la tête et son regard lança des éclairs.

— Oui tu es un imbécile, parfaitement ! Tu lui as dit ce que tu ressentais pour elle ? Je suis sûr que non. N'essaye pas de nier, j'ai bien vu la façon dont tu la regardais au bal. Et même avant. Dès qu'elle a mis un pied dans cette maison et à ton corps défendant, tu es tombé sous son charme. Et quand vous êtes revenus de votre périple, j'ai bien vu que quelque chose avait changé. Il aurait fallu être aveugle pour ne pas s'en rendre compte. Bon sang ! Maureen est la meilleure chose qui te soit arrivé depuis longtemps ! Et tu n'as pas été capable de la retenir.

Ayden essaya de protester mais Lochlan ne lui en laissa pas le temps.

— Crois-moi, en matière d'imbécile, je sais de quoi je parle. Moi aussi j'en ai été un parfait exemple. J'aurais dû suivre Nora quand elle a quitté l'Irlande pour la France. J'aurais dû me battre pour elle, mais je ne l'ai pas fait et il a fallu attendre trente ans pour que ce soit elle qui franchisse de nouveau la mer pour venir me retrouver. J'ai savouré chaque minute que nous avons passée ensemble depuis, mais je regretterai toujours d'avoir perdu tout ce temps avant de pouvoir partager ces moments uniques et précieux avec la femme que j'aimais. C'est vrai qu'à l'époque les circonstances étaient différentes. Elle était mineure aux yeux de la loi et elle avait épousé un homme qu'elle n'avait pas choisi. Elle était issue de l'aristocratie et moi fils de jardinier. Mais j'aurais dû faire quelque chose. Et je n'ai rien fait. C'est quoi ton excuse à toi ? Maureen a réussi à faire tomber les murs que tu avais dressés autour de toi. Elle a percé ton armure et pourtant tu as survécu, non ? Tu n'avais jamais laissé personne toucher ton cœur depuis le décès de tes parents. Je sais ce que tu as vécu, Ayden. Tu as réagi comme tu as pu et tu t'es fermé au monde. Tu ne voulais plus éprouver de sentiments pour ne plus souffrir. Mais les sentiments ne se contrôlent pas. Maureen me rappelle tellement Nora au même âge. Vive, gaie, impulsive et enthousiaste, généreuse et séduisante. Pas étonnant que tu sois tombé amoureux d'elle. Car tu l'aimes, n'est-ce pas ? Alors, ne te conduits pas en parfait crétin comme ton grand-père ! La vie est trop courte, Ayden. Tu sais ce qu'il te reste à faire, conclut Lochlan.

Ayden était sous le choc, complètement abasourdi. Jamais son grand-père n'avait tenu un si long discours enflammé et ne s'était livré à des confidences aussi intimes. Il resta un moment silencieux, soutenant le regard perçant de Lochlan. Puis il déclara d'une voix sourde mais déterminée :

— Tu as raison. Je sais ce qu'il me reste à faire.

Lochlan sourit et pressa affectueusement sa main sur l'épaule de son petit-fils.

14. Retour à Sarzic

Le long trajet de retour jusqu'à Sarzic avait épuisé Maureen. Après l'avion, elle avait pris le RER B depuis Roissy Charles de Gaulle jusqu'à Denfert-Rochereau, puis la ligne six du métro pour rejoindre la gare Montparnasse où elle était montée dans un train pour Rennes. Nolwenn était venue la chercher en voiture. Malgré la joie de revoir son amie et de retrouver la France, Maureen répondait de façon laconique à Nolwenn qui la harcelait de questions sur son voyage et sa famille irlandaise. Elle prétexta la fatigue pour expliquer son manque d'entrain, mais elle savait qu'elle avait laissé une partie d'elle-même et son cœur de l'autre côté de la mer Celtique. Quand Nolwenn la déposa devant chez elle, il était déjà tard et elle ne pensait qu'à aller se coucher.

— Tu me raconteras ce qui te met dans un état pareil ? demanda Nolwenn, lucide sur l'attitude de la jeune femme.

— Promis, répondit Maureen d'une voix étranglée en refermant la porte après avoir remercié son amie.

Quelques jours plus tard, Maureen avait pris son courage à deux mains et était montée dans le grenier pour faire le tri dans les papiers de sa mère. À son décès un an plus tôt, elle s'était déjà séparée de ses vêtements et de quelques affaires, mais elle ne s'était pas résolue à se plonger dans la paperasse. Au fur et à mesure de son inventaire, elle avait fait un tas des documents à conserver et un autre des papiers à jeter. C'était fou tout ce que l'on pouvait conserver dans une vie. En fin de matinée, elle s'apprêtait à faire une pause quand elle tomba sur une épaisse chemise cartonnée dont une lettre s'échappa quand elle la prit dans ses mains. Elle se pencha pour ramasser l'enveloppe. C'était une lettre adressée à Erin. Elle retourna l'enveloppe et lut l'expéditeur stupéfaite : « Nora Murphy Le Guen, Loughinch House, Co. Galway - Ireland ». Elle chancela et se retint au mur pour ne pas tomber sous le coup de l'émotion. Elle ouvrit la pochette et découvrit des dizaines de lettres de Nora adressées à Erin, certaines n'avaient même pas été ouvertes. Ainsi c'était bien vrai, Nora avait toujours voulu garder contact avec sa fille mais Erin n'avait jamais répondu. Pourtant elle avait conservé les lettres, comme si elle avait voulu malgré tout maintenir un lien avec Nora. Maureen parcourut quelques lettres avec l'impression de rentrer dans l'intimité des deux femmes, mais elle voulait savoir. Les lettres de Nora confirmaient qu'elle était retournée en Irlande à la mort de son père en 1996 et qu'elle avait hérité de Loughinch House. Mais à cette époque, Erin était tombée enceinte et Nora n'avait pas eu le cœur de laisser sa fille affronter seule cette épreuve, le géniteur de Maureen étant parti en apprenant la nouvelle. Nora était donc rentrée en France pour accompagner Erin pendant sa grossesse et son accouchement, laissant Loughinch House entre les mains de Lochlan qu'elle avait retrouvé. Elle était restée jusqu'à ce que Maureen ait trois ans, faisant des allers retours entre la France et l'Irlande pour retrouver Lochlan, ce qui déplaisait fortement à Erin et à Charles le Guen qui refusait de signer les papiers du divorce demandé par Nora. Face à l'hostilité croissante de son mari et de sa fille, et à l'envie de pouvoir enfin retrouver sa terre natale et celui qui l'y attendait, Nora avait quitté définitivement la France en 2000 pour s'installer à Loughinch House avec Lochlan et enfin pouvoir vivre heureuse aux côtés de l'homme qu'elle aimait depuis toujours.

Une heure plus tard, Maureen était toujours assise par terre au milieu des enveloppes ouvertes et des lettres dépliées éparpillées autour d'elle, quand elle avisa une liasse d'enveloppes reliées d'un nœud bleu. Elle prit la première lettre et lut l'enveloppe. Le destinataire n'était plus sa mère mais elle-même. Elle regarda la date sur le tampon de la poste : 27 mai 2015. Nora avait commencé à lui écrire le jour de ses dix-huit ans. En parcourant la lettre, elle découvrit que Nora avait respecté la volonté d'Erin de ne pas entrer en contact avec sa fille, mais à sa majorité elle s'était dit que c'était à Maureen de décider. Elle lui avait écrit pendant deux ans jusqu'à ce que Nora vienne en France et revoit Erin. Celle-ci lui avait alors dit que Maureen ne connaissait pas son existence et que ce n'était pas la peine de lui écrire. Ainsi Erin avait bien caché les lettres de Nora pour que Maureen ne les reçoive pas. Bouleversée, la jeune femme lut toutes les lettres que sa grand-mère lui avait adressées, les joues baignées de larmes.

Deux mois s'étaient écoulés depuis son retour d'Irlande. Maureen avait eu régulièrement Ayden au téléphone ou par SMS, mais leurs conversations tournaient la plupart du temps autour des rénovations de Loughinch House. Il lui donnait des nouvelles de Lochlan, Molly et Seamus, mais ne se livrait pas sur ce qu'il ressentait ou non vis-à-vis d'elle. Au mieux, il lui disait qu'elle leur manquait à tous. Maureen n'osait pas aborder le sujet. Il lui manquait cruellement mais elle savait que leur relation était vouée à l'échec avec la distance. Leur histoire avait été une parenthèse enchantée et la passion qu'ils avaient ressenti l'un pour l'autre dictée par le contexte particulier de leur rencontre où l'un comme l'autre étaient fragiles et déboussolés par les événements. Elle avait peut-être surestimé les sentiments qu'il lui portait. Elle ne pouvait pourtant pas s'empêcher de revivre en pensées chaque minute de leur histoire jusqu'à leurs adieux déchirants à l'aéroport de Dublin.

Un après-midi, Maureen était à la bibliothèque en train de lire un conte aux enfants quand elle aperçut Nolwenn qui lui faisait signe de la main de venir. Maureen n'avait pas fini sa séance de lecture et lui lança à un regard interrogateur. Nolwenn ne parvint pas à cacher son impatience et intervint de façon péremptoire :

— Désolée les enfants. La lecture est terminée pour aujourd'hui. Maureen va devoir vous laisser, annonça-t-elle d'une voix qui trahissait une certaine fébrilité.

— Qu'est-ce que tu racontes ? Je n'ai pas fini, protesta Maureen.

— Si ! Tu as terminé. Il y a quelqu'un qui demande à te voir. Il faut que tu viennes. Que tu viennes MAINTENANT ! s'écria-t-elle d'un ton sans appel.

— Mais enfin qu'est-ce qui te prend ? demanda Maureen qui n'avait jamais vu son amie dans un tel état d'excitation.

Nolwenn prit la main de la jeune femme et la traîna à l'entrée de la bibliothèque.

— Viens vite !

— Mais où tu m'emmènes ? Je croyais qu'il y avait quelqu'un à l'accueil.

— En fait c'est à l'extérieur, pouffa Nolwenn avec les yeux pétillants.

Maureen prit soudain conscience que les usagers et tous ses collègues avaient le nez collé aux fenêtres de la bibliothèque. Une foule curieuse et enthousiaste s'était amassée devant l'entrée.

— Mais qu'est-ce qu'il se passe enfin ? grommela Maureen.

Elle se fraya un chemin jusqu'à l'extérieur, consciente des murmures et des regards enjoués sur son passage. Arrivée dehors, le silence se fit et la foule s'écarta. Maureen était abasourdie. Elle n'en croyait pas ses yeux. Devant elle, monté sur un magnifique cheval bai, se tenait Ayden en tenue traditionnelle irlandaise – kilt et écharpe de rigueur. Elle resta sans voix.

Quand il la vit, ses yeux s'illuminèrent et il la couvrit de son regard de braise, lui sourit et lui tendit la main. Elle resta un moment comme hébétée, ne sachant quoi faire, son cœur battant la chamade.

— Tu comptes me laisser là toute la journée ? Demanda-t-il avec une lueur d'amusement dans le regard. Parce que je ne voudrais pas créer une émeute ou sombrer dans le ridicule.

Maureen éclata de rire. Sans hésiter, elle saisit la main qu'il lui tendait et prit appui sur l'étrier. Il la hissa sans peine devant lui. Elle colla son dos contre son torse puissant et tourna la tête vers lui. Il posa ses lèvres sur les siennes et murmura à son oreille de sa voix chaude et sensuelle : tu m'as manqué *ceann dearg deas*. Puis il partit au petit trot sous les hourras et les applaudissements de la foule.

Les deux amants étaient allongés nus dans le lit de la jeune femme, épuisés mais heureux de s'être enfin retrouvés. La main d'Ayden jouait avec les boucles fauves de Maureen tandis que celle-ci était lovée contre lui, la tête reposant sur sa poitrine.

— Alors c'est ici que tu habites ? fit le jeune homme. C'est joli, ça ressemble un peu à mon cottage.

— Tu as eu le temps de faire la comparaison ? À la vitesse à laquelle on est arrivés dans ma chambre, je ne pensais pas que tu avais fait attention à la maison, le taquina-t-elle gentiment.

Il sourit et l'embrassa tendrement.

— Tu as raison, j'avais d'autres choses en tête beaucoup plus urgentes et palpitantes, admit-il avec un regard ardent.

Quand ils avaient quitté la bibliothèque, Maureen l'avait guidé vers la route côtière qui menait jusque chez elle. Ils avaient longé la mer et étaient passés devant le pub Le Clifden, du même nom que la ville du Connemara, dont Maureen avait parlé à Ayden en Irlande. Le jeune homme confirma que la coïncidence était troublante et que leurs deux pays étaient irrémédiablement liés. Ils avaient continué jusqu'au moulin à marée puis obliqué à droite vers la rue de la Baie. La maison de Maureen était une ancienne maison de pêcheur mitoyenne de chaque côté. La façade blanche aux volets bleus bordée d'hortensias était typique de la région et seulement quelques mètres la séparaient de la mer. Ils descendirent de cheval et Maureen mena l'équidé dans un champ derrière le logis pour qu'il puisse paître tranquillement. Revenue à l'avant de la maison, elle avait à peine eu le temps d'ouvrir la porte que Ayden la poussait à l'intérieur en l'embrassant passionnément. Elle ne se souvenait même pas comment ils avaient monté l'escalier qui conduisait à sa chambre, semant leurs vêtements au passage. En arrivant à l'étage, ils étaient déjà presque entièrement dévêtus quand Ayden la prit dans ses bras pour la porter sur le lit et assouvir le désir d'elle qui ne l'avait plus quitté depuis qu'elle était repartie d'Irlande.

— Pourquoi tu n'as pas répondu à mes lettres ? demanda-t-elle soudain. Tu les as bien reçues ?

— Oui je les ai eues. J'ai commencé à écrire et puis je me suis dit qu'il serait plus judicieux de venir en personne te donner des nouvelles. J'ai eu pas mal de choses à organiser avant mon départ, pour la distillerie notamment, donc je n'ai pas eu le temps de répondre à toutes, expliqua-t-il. Tu m'en veux ?

— Un peu, murmura-t-elle boudeuse.

— Tu aurais préféré recevoir mes lettres plutôt que je vienne ? Elles ne t'auraient pas fait le même effet, ajouta-t-il malicieux.

— C'est malin ! Et tu es fier de toi ? s'indigna-t-elle.

— Assez oui !

Il adorait la taquiner et voir ses jolis yeux verts qui lançaient des éclairs.

— Sacré foutu Irlandais ! bougonna-t-elle en lui pinçant la peau du ventre.

— Aïe ! Petite sauvage ! Mais arrête ! s'écria-t-il tandis que Maureen avait entrepris une séance de chatouilles en bonne et due forme.

— Tu sais que tu vas perdre à ce jeu-là ! la prévint-il en répondant de la même façon à ses attaques.

La bataille s'engagea entre rires et protestations. Ayden pesa de tout son poids sur le corps de Maureen et maintint ses poignets au-dessus de sa tête tandis qu'il la chevauchait avec un air triomphant.

— Alors, tu fais moins la maligne ?

Loin de rendre les armes, Maureen continuait à se contorsionner pour tenter en vain de lui échapper. En sentant le corps de la belle rousse s'agiter sous le sien, Ayden sentit de nouveau le désir monter en lui.

— Arrête de gesticuler comme ça sinon je sens que je vais passer à un autre jeu moins innocent et beaucoup plus libertin, la prévint-il en posant un regard gourmand sur les seins nus de la jeune femme.

— Prétentieux ! le provoqua-t-elle d'un air sourire espiègle, tu es bien trop fatigué.

— C'est ce qu'on va voir... murmura-t-il en capturant ses lèvres fiévreusement et en laissant ses mains parcourir avec volupté les courbes de la jeune femme.

La nuit commençait à tomber quand ils se réveillèrent, enlacés. Ayden écarta les cheveux de feu qui retombaient sur le visage de sa compagne et caressa tendrement sa joue.

— Ça va *mo stór* ?

— Oui. On ne peut mieux. Maintenant que tu es là, répondit-elle dans un murmure. Je ne t'ai jamais demandé ce que ça signifiait ?

— Quoi donc ?

— Les mots que tu dis en irlandais à chaque fois qu'on fait l'amour.

— Ah ça !

Il plongea son regard dans le sien et murmura :

— *Mo mhilis*, c'est « ma douce ». Et *mo stór* signifie « ma chérie ».

La gorge de Maureen se serra d'émotion tandis qu'Ayden l'embrassait avec douceur et se glissait hors du lit.

— Ne bouge pas, je reviens.

En passant près du petit bureau posé près de la fenêtre, il aperçut le carnet en cuir qu'il lui avait offert quelques mois plus tôt. Il était ouvert et les pages étaient noircies de l'écriture fine et déliée de la jeune femme. Il ne put s'empêcher de lire quelques lignes. Sous ses yeux défilaient les paysages d'Irlande, ses lacs, ses montagnes, sa beauté sauvage et infinie. Il y avait également un texte en vers ressemblant à une poésie ou une chanson évoquant la nostalgie d'avoir quitté l'île d'émeraude.

— C'est beau ce que tu écris, tu devrais le publier.

— Non ! Ne lis pas ça ! s'écria-t-elle en rougissant. C'est juste des idées comme ça.

— OK, j'arrête. Mais j'aimerais bien que tu me fasses lire la suite. Je te jure que c'est vraiment bien. Je me suis vraiment laissé emporter.

Maureen le regarda, un peu sceptique, mais il avait l'air sincère. Elle avait toujours rêvé d'écrire mais n'avait jamais osé se lancer.

— On verra. Plus tard peut-être.

— Comme tu veux. J'en serais ravi. Attends-moi, j'en ai pour quelques secondes, il faut juste que je remette la main sur ma veste et je ne sais pas où elle est tombée, dit-il en se dirigeant vers l'escalier.

Il revint quelques minutes plus tard en tenant à la main un petit écrin vert foncé.

— Tiens, c'est pour toi, dit-il sobrement en tendant la petite boîte à Maureen.

Elle prit l'écrin et l'ouvrit. Une jolie chaîne et un pendentif en argent reposaient sur le velours. Le bijou était en forme de cœur dont les boucles s'entrecroisaient et formaient deux bras tenant un cœur en émeraude au-dessus duquel était posée une petite couronne parsemée de petits diamants.

— Ayden c'est magnifique ! s'exclama-t-elle émue et ravie.

— Tu sais ce que c'est ?

Elle leva les yeux vers lui sans répondre et vit qu'il la regardait intensément.

— C'est un pendentif de Claddagh, un ancien village de pêcheurs qui fait aujourd'hui partie de Galway. C'est un symbole irlandais qui date du XVIIe siècle et qui a une signification particulière. Les mains représentent l'amitié, la couronne la fidélité, et le cœur l'amour, expliqua-t-il d'une voix où perçait l'émotion. Je voulais te l'offrir.

— Et quelle signification lui donnes-tu toi ? demanda Maureen doucement sans le quitter des yeux.

Un peu décontenancé, Ayden passa une main dans ses cheveux comme il le faisait toujours quand il était troublé.

— Ça me semblait évident.

Il sonda le regard de la jeune femme et y vit un mélange de bonheur, d'attente et de malice. Alors il comprit.

— Tu veux vraiment que je te le dise ? J'ai traversé la mer pour toi, je me suis tapé quinze heures de ferry, je me suis ridiculisé devant tes collègues en kilt sur un cheval et je t'offre ce pendentif à la signification plus qu'équivoque et tu attends encore davantage de moi ? gronda-t-il.

Le sourire de Maureen s'élargit et ses yeux pétillèrent. *Bon sang qu'elle était belle !* songea Ayden. Belle mais intraitable. Il rendit les armes et se lança dans la déclaration la plus longue et la plus intime de toute sa vie :

— Bon sang, je t'aime Maureen ! Je t'aime depuis le premier jour où j'ai posé les yeux sur toi. Depuis la première fois où j'ai vu ta crinière de feu cascader sur tes épaules, où j'ai entendu ton rire cristallin, depuis le moment où je t'ai entendu fredonner la berceuse de mon enfance. Quand je t'ai vu danser dans ce pub, j'ai su que je ne pourrais jamais t'oublier. Quand j'ai lu dans ton regard l'émerveillement que tu ressentais face à la beauté de l'Irlande, j'ai compris que nous étions sur la même longueur d'ondes. Et le soir du bal du Bloomsday, j'ai réalisé que je t'avais toujours attendue et que j'avais fermé mon cœur dans l'attente de te rencontrer. Voilà, je suis fou amoureux de toi. Est-ce que c'est plus clair comme ça ? acheva-t-il à bout de souffle.

Maureen avait écouté heureuse et stupéfaite cette longue tirade, qui pour un homme comme Ayden, économe de ses mots et de ses sentiments, était un véritable exploit. Au comble du bonheur, elle hésitait entre lui sauter au cou ou le taquiner encore un peu.

— Tu en as mis du temps, finit-elle par murmurer.

Puis elle passa les mains autour de son cou, pressa son corps contre le sien et murmura à son oreille :

— Moi aussi je t'aime Ayden O'Neil.

Leurs regards se croisèrent et ils restèrent un instant sans voix, unis par la même émotion, réalisant à peine ce qu'ils s'étaient avoué et craignant de briser cet instant magique.

Maureen lui sourit et une lueur s'alluma dans ses prunelles vertes.

— Embrasse-moi bel Irlandais, avant que je ne change d'avis, ordonna-t-elle joyeusement.

Ayden éclata d'un rire franc et joyeux. Puis il enlaça sa compagne et goûta avec passion ses lèvres enfiévrées.

Pendant les semaines qui suivirent, Ayden découvrit la Bretagne de Maureen et comprit aisément pourquoi la jeune femme avait aimé si aisément l'Irlande. Les deux « pays » avaient en commun des paysages naturels sauvages à couper le souffle ainsi qu'une identité culturelle ancestrale bien affirmée. Pendant que Maureen travaillait, Ayden avait pris l'habitude de se balader sur le sentier des douaniers pour apprécier la vue sur la mer et respirer l'air iodé. Quels que soient le moment de la journée ou la météo, les lumières changeantes qui coloraient l'onde paisible ou déchaînée étaient un émerveillement pour les yeux. Le jeune homme avait également adopté avec délice la gastronomie locale. Si la baguette n'était pas spécifique à la Bretagne mais un fleuron national, pour un Irlandais les boulangeries étaient un lieu inconnu et une caverne aux trésors. Maureen lui avait avoué que c'était le pain qui lui avait le plus manqué en Irlande. Mis à part les toasts du matin, le pain ne faisait pas partie de l'alimentation des Irlandais et les restaurants ne servaient pas la traditionnelle corbeille dont les habitants de l'hexagone se régalaient en attendant leurs plats. La première fois que Maureen l'avait emmené dans une boulangerie, Ayden avait été sidéré par l'immense variété de pains, viennoiseries et gâteaux proposés. Le jeune homme voulait goûter à tout et, chaque jour, il passait à la boutique pour acheter une nouvelle spécialité avant d'aller chercher Maureen à la bibliothèque. Il était devenu un inconditionnel du kouign amann, littéralement « gâteau au beurre », et du gotchial, spécialité à mi-chemin entre le pain et la brioche.

Le week-end, ils partaient en vadrouille car Maureen voulait faire découvrir à son compagnon les plus beaux coins de Bretagne. La cité corsaire de Saint-Malo, Dinard et Dinan villes d'histoire, le cap Fréhel, l'île de Bréhat surnommée l'île aux fleurs, Ploumanac'h et la côte de granit rose, les plages paradisiaques de Kerfissien ou des Amiets dans le Finistère, Locronan la petite cité médiévale de caractère, Quimper et ses maisons à pans de bois, le Golfe du Morbihan avec la presqu'île de Rhuys et Rochefort-en-Terre, estampillé « plus beau village de France » et « village préféré des français ». La liste était encore longue des merveilles que comptait la région bretonne et ils ne pouvaient pas tout visiter, mais Maureen avait offert à Ayden un aperçu de paysages et de culture celtique français qui avaient conquis le jeune homme. Tout comme Maureen était tombée amoureuse de l'Irlande, Ayden était entièrement tombé sous le charme de la Bretagne, qui lui rappelait par bien des aspects son propre pays.

Un jour qu'ils étaient assis sur un banc à déguster une traditionnelle « galette-saucisse » en regardant les bateaux amarrés dans le port, Ayden déclara entre deux bouchées :

— Je ne me lasse pas de ce spectacle...ni de vos spécialités ! Qu'est-ce que c'est bon !

Maureen s'esclaffa devant la mine gourmande et réjouie du jeune homme.

— Tu crois que je peux ramener un échantillon de tout ça en Irlande ? plaisanta-t-il avec un clin d'œil.

Le visage de la jeune femme s'assombrit.

— Tu vas bientôt rentrer ? demanda-t-elle tristement.

Ayden la contempla intensément.

— Je ne vais pas pouvoir rester éternellement. Mais je veux être avec toi.

— Moi aussi je veux être avec toi. Mais il va bien falloir que l'on décide si tu restes en France ou si je pars avec toi en Irlande.

— Tu serais prête à tout quitter pour vivre avec moi ?

— Et toi ?

Ils plongèrent dans les yeux l'un de l'autre et ils surent que la réponse était oui, pour l'un comme pour l'autre, mais qu'ils en souffriraient car ils étaient tous deux très attachés à leurs terres.

— Pourquoi est-ce qu'on serait obligés de choisir ? demanda soudain Ayden.

Maureen le regarda d'un air incrédule.

— J'ai réfléchi à ton idée de bed and breakfast pour le manoir et je suis d'accord. Nous avons besoin d'une activité rentable et le lieu s'y prête parfaitement, tu as raison. Mais j'ai besoin de toi pour m'aider à réaliser ce projet. Et par la suite pour gérer la saison estivale au moment où il y aura le plus de touristes. De mai à septembre, je pense. C'est à cette période que normalement tu travailles à l'office du tourisme ici à Sarzic, mais là tu accueillerais les touristes en Irlande, directement au manoir. Le reste de l'année, on pourrait le passer en partie ici. Lochlan superviserait la distillerie en mon absence et je m'occuperais des aspects commerciaux à distance depuis la Bretagne. Je pourrais peut-être même développer une clientèle en France. Et tu garderais ton travail à la bibliothèque. Tu pourrais aussi consacrer du temps à écrire ton livre. Je sais que ça te tient à cœur. Bien sûr je serais sans doute obligé de faire des allers retours entre nos deux pays, mais ce serait jouable. Qu'en penses-tu ?

— Tu as dit « nos deux pays », releva Maureen en souriant avec émotion.

Ayden lui rendit son sourire. Il savait qu'elle allait accepter sa proposition.

EPILOGUE

« Bienvenue à bord de cet Airbus A319 à destination de Dublin. Notre temps de vol est estimé à 1h45. Arrivée prévue à 14h45, heure locale. Mon équipage et moi-même vous souhaitons un bon vol ».
— Un bon vol ! Tu parles ! maugréa Ayden.
Il était blanc comme un linge et ses mains agrippaient fermement les accoudoirs de chaque côté de son siège. Il se détendit à peine lorsque Maureen mis sa main sur la sienne, mais au moins il n'était pas seul.
— Tout va bien se passer, assura-t-elle d'une voix réconfortante. Je suis là.
— Ce n'est pas toi qui pilotes *this damn plane*[9] ! jura-t-il, au comble du stress.
Elle sourit et lui mit un casque sur les oreilles.
— Tiens ça va t'aider.
Ayden s'apaisa imperceptiblement en entendant raisonner ce que Maureen et lui avaient désormais surnommé « La ballade de Nora ». Il crut sa dernière heure arrivée quand l'avion prit de la vitesse et que les roues quittèrent le sol. Quelques minutes

---

[9] « Ce foutu avion »

plus tard, il entendit la voix réconfortante de Maureen à son oreille :

— On a décollé, tu peux rouvrir les yeux.

Le vol se passa sans encombre. Ayden s'était un peu détendu grâce au médicament que Maureen l'avait obligé à avaler avant le départ. Ils aperçurent bientôt par le hublot les côtes irlandaises. L'avion entama sa descente et l'angoisse du jeune homme reprit le dessus.

— C'est normal que ça tremble comme ça ? *Holy shit*[10] *!* On va y passer !

Maureen se retint de rire car elle connaissait les raisons de cette peur panique qu'Ayden ressentait pour l'avion. Il avait déjà fait plusieurs allers retours entre la France et l'Irlande en ferry ces derniers mois, et c'était la première fois qu'il acceptait de prendre l'avion.

— Mais pourquoi j'ai accepté de monter dans cet engin de malheur ? se lamentait-il.

— Parce que tu m'aimes, répondit-elle en plaquant ses lèvres sur les siennes jusqu'à ce que l'avion ait atterri.

Maureen s'agenouilla sur la tombe de Nora pour y déposer les fleurs qu'elle avait apportées. Elle lut l'épitaphe qui avait été inscrite sur la pierre tombale comme sa grand-mère l'avait souhaité :

« Gardez l'amour dans votre cœur. Une vie sans amour
est comme un jardin sans soleil où les fleurs sont mortes.
La conscience d'aimer et d'être aimé offre tant de chaleur
et de richesse à la vie que rien d'autre ne peut apporter. »

Cette citation d'Oscar Wilde résumait tellement bien la vie de Nora. Quelles que soient les épreuves qu'elle avait

---

[10] « Putain de merde »

traversées, c'est l'amour qui avait toujours animé sa vie et fini par remporter la bataille. C'était aussi une sorte de testament et de guide qu'elle laissait derrière elle pour ceux qui comptaient tant à ses yeux : Lochlan, Ayden et Maureen. La jeune femme sentit ses yeux s'embuer de larmes, son cœur remplit de reconnaissance et d'affection pour cette grand-mère qu'elle aurait tant aimé connaître.

Ayden se tenait derrière elle et passa un bras réconfortant autour de ses épaules quand elle se releva.

— Ça y est grand-mère, c'est le grand jour. J'espère que tu es fière de nous, dit la jeune femme avec émotion.

— Je suis sûr qu'elle l'est, la rassura Ayden.

Ils se recueillirent encore un instant puis quittèrent le cimetière et rejoignirent leur voiture pour se rendre à Loughinch House.

Depuis qu'Ayden et Maureen, en accord avec Lochlan, avaient décidé d'ouvrir la maison aux hôtes de passage, beaucoup de choses avaient changé sur le domaine. Les chambres de l'étage qui en avaient besoin avaient été redécorées, une des dépendances avait été transformée en gîte pouvant accueillir six personnes, et la verrière lumineuse qui accueillait auparavant les séances de peinture de Lochlan et Nora avait été transformée en salle pour le petit-déjeuner comme l'avait imaginé Maureen. Molly était ravie de pouvoir mettre à profit ses talents de cuisinière pour les futurs hôtes. Maureen s'était occupée de toute la partie communication en créant un site Internet et en assurant le référencement du domaine de Loughinch House sur de nombreuses plateformes et dans des agences de voyage, en Irlande et en France. Elle s'était occupée des réservations et des relations avec les clients. Ayden, après avoir un peu rechigné, avait finalement accepté d'organiser des visites de sa distillerie. Maureen lui avait vanté les avantages de faire découvrir son whiskey afin d'en augmenter les ventes. La vérité, c'était qu'il ne pouvait surtout rien lui refuser. Après huit mois de travaux, ils étaient prêts à accueillir leurs premiers clients pour le début de la saison estivale. Les réservations affichaient complet et ils espéraient que les rentrées d'argent leur permettraient d'entretenir correctement le manoir et d'y effectuer les travaux nécessaires.

Ils firent un crochet par le centre-ville pour faire quelques emplettes quand le regard de Maureen fut attiré par la devanture d'une librairie. Elle resta scotchée devant la vitrine. Ayden suivit le regard de la jeune femme et l'enlaça tendrement.

— Alors ça y est, il a traversé la mer, dit-il, fier et heureux pour elle.

Maureen n'en croyait pas ses yeux. Dans la vitrine était exposé un roman : *Under your Irish sky,* de Maureen Murphy, le nom de plume qu'elle s'était choisi. Le livre qu'elle avait écrit avait non seulement été publié en France mais avait également été traduit et publié en Irlande. Elle y racontait son histoire, leur histoire, et la découverte de ce pays sauvage et sublime où elle avait trouvé ses racines, son cœur et son âme.

Elle leva les yeux du livre et aperçut soudain derrière elle dans le reflet de la vitre une femme âgée aux longs cheveux argentés et aux yeux clairs qui la regardait en souriant avec amour et bienveillance. Leurs regards se croisèrent et Maureen, profondément émue, lui rendit son sourire.

— Maureen, ça va ? s'inquiéta Ayden, qui avait senti le trouble de sa compagne.

La jeune femme sursauta en l'entendant lui parler.

— Oui, tout va merveilleusement bien, le rassura-t-elle en souriant.

Elle reporta de nouveau son regard dans la vitrine mais la silhouette de Nora s'était évanouie tandis que les notes d'une chanson familière résonnaient à ses oreilles.

Under your Irish Sky – Poème de Maureen Murphy

When I close my eyes
I see the wild mountains again
I feel their power and strength
I see the sun through the clouds
Drawing shadows on my soul
When I close my eyes
I see the green meadows again
With white and yellow flowers
I hear the song of the wind
Resonating through my veins

Please, bring me back to your endless stone moors
Please, bring me back under your Irish sky
Please, bring me back to Cork and Kerry mountains
Please, let me see again the lakes of Connemara

And now I returned to France
I can't forget the memories, of this proud and wild land
And when I meet a girl, with curly red hair
My thoughts sail to Eire
Where my soul found light and peace
Where I found my real roots
My anchor to the earth

And so I close my eyes
I see the stormy or peaceful sea
Its shining and blue waters
Surrounded by purple mountains
Watching over their island

Please, bring me back to your endless stone moors
Please, bring me back under your Irish sky
Please, bring me back to Cork and Kerry mountains
Please, let me see again the lakes of Connemara

(Traduction)
Sous ton ciel d'Irlande - Poème de Maureen Murphy

Quand je ferme les yeux
Je revois les montagnes sauvages
Je ressens leur puissance et leur force
Je vois le soleil à travers les nuages
Dessiner des ombres sur mon âme
Quand je ferme les yeux
Je revois les vertes prairies
Avec des fleurs blanches et jaunes
J'entends le chant du vent
Qui résonne dans mes veines

S'il te plaît, ramène-moi dans tes landes de pierre infinies
S'il te plaît, ramène-moi sous ton ciel d'Irlande
S'il te plaît, ramène-moi aux montagnes de Cork et du Kerry
S'il te plaît, laisse-moi revoir les lacs du Connemara

À présent que je suis rentré en France
Je ne peux pas oublier les souvenirs de cette terre fière et sauvage
Et quand je croise une fille aux cheveux roux et bouclés
Mes pensées naviguent vers l'Irlande
Où mon âme a trouvé la lumière et la paix
Où j'ai trouvé mes véritables racines
Mon ancre à la terre

Et alors je ferme les yeux
Je vois la mer agitée ou paisible
Ses eaux brillantes et bleues
Entourées des montagnes violettes
Qui veillent sur leur île

S'il te plaît, ramène-moi dans tes landes de pierre infinies
S'il te plaît, ramène-moi sous ton ciel d'Irlande
S'il te plaît, ramène-moi aux montagnes de Cork et du Kerry
S'il te plaît, laisse-moi revoir les lacs du Connemara

À PROPOS DE L'AUTRICE

Misty Kenzie est née en Normandie où elle réside toujours. À l'adolescence, elle découvre la Bretagne et tombe amoureuse de cette région qui devient sa terre de cœur. Passionnée par les livres et l'écriture, elle se créé des histoires dont elle élabore les personnages et les scénarios année après année. Fascinée par la culture celtique, elle a toujours eu envie de découvrir l'Irlande. C'est après avoir réalisé son rêve et avoir été subjuguée et inspirée par l'île d'émeraude qu'elle laisse libre court à ses envies d'écriture et publie son premier roman *Sous ton ciel d'Irlande*.